다른 사람도 자신도, 비난하지 않는 것은
교육받은 사람의 행동이다.
어떤 것에 대해서도 '반드시 이러이러 해야 해'라는 말에
속박되지 않는다.

오기노 히로유키, 《에픽테토스의 인생 수업》

공감받고 응원받고 싶은
사람들을 위한 다정한 위로

나는
조건 없이
나를
사랑한다

지에스더 지음

체인지업
CHANGEUP

차례

3장 ___ 좋은 엄마보단 괜찮은 나

4장 ___ 조건 없이 나를 사랑하는 법

2022년, 마흔이 되었다. 만으로 하면 아직 서른여덟이다. 그런데 마흔이 되었다고 말하는 게 편하다. 이 나이는 중년에 접어들기 시작했다는 느낌이 강하다. 뭔가 삶의 전환점을 만들고 싶다. 인생 2막을 시작해야 하는 거 아닐까. 나에게 '40'이라는 숫자의 의미는 그렇다.

마흔이 되면서 살아온 시간을 되짚어 보고 싶었다. 인생에서 중간 점검하는 시간을 가지면 좋겠다고 생각했다. 2022년 한 해는 앞으로 삶에서 중요하게 생각할 가치를 고민하는 시간으로 삼기로 했다.

십대의 나는 대체로 어두운 시절을 보냈다. 얼굴에는 웃음기가 없었다. 우리 집이 답답해서 뛰쳐나오고 싶었다. 자주 싸우는 부모님이 싫었다.

감정을 처리하는 데 취약한 엄마는 지켜줘야 하는 불쌍한 사람이었다. 독립하고 싶었지만, 결코 집에서 벗어나지 못했다. 결혼 전까지는 주말마다 집에 갔다. 지금 생각하면 부모님께 과하게 매인 모습이었다.

이십대는 내 인생 첫 번째 전환점이었다. 대학생 때 나는 웃는 얼굴로 바꾸려고 연습했다. 대학교 1학년 때는 외국인 교수들과 대화 나누는 데 흥미가 생겼다. 그분들은 하나같이 따뜻하고 다정했다. 그분들을 만나면 마음이 편안했다. 어느새 그분들과 자연스럽게 대화할 정도로 영어 실력이 늘었다.

대학교 4학년 때는 1년을 휴학하고 과감하게 영국으로 자원봉사 활동을 다녀왔다. 복학해서는 새벽부터 밤까지 임용고사를 준비했다. 졸업과 동시에 시험에 합격하는 기쁨을 맛보았다. 그토록 바랐던 특수교사가 되었다. 이제 내 인생에 꽃길만 펼쳐질 줄 알았다. 하지만 제대로 된 착각이었다.

서른 살만 되어도 다 큰 어른인 줄 알았다. 스물한 살 때 우리 학교로 편입한 언니들 중에 서른을 바라보는 나이인 사람도 있었다. 내 눈에는 그들이 굉장히 성숙해 보였다. 하지만 그들 역시 흔들리고 있었다. 당시 내 눈에 어른으로 보인 것뿐이었다.

막상 그 나이가 되어보니, 서른도 여전히 어른이 아니었다. 서른 살의 나는 타인의 말과 평가에 흔들렸다. 주변 사람 눈에 잘 보여야 한다고 생각했다. 타인의 사소한 말을 마음에 담고 곱씹었다. 나보다 타인의 의견이 더 중요했다. 많은 사람이 선택한 것이 좋아 보였다.

적어도 서른이 되기 전에 결혼해야 하는 줄 알았다. 남자들은 어린 여자를 좋아한다지 않는가. 하지만 직장생활을 하고 보니 남자 만나는 게 생각보다 힘들었다. 결혼을 할 수나 있을지 막막했다. 그러다가 서른 살에 지금 남편을 소개받았다. 남자친구라고 부모님께 보임과 동시에 일사천리로 결혼이 이루어졌다.

부모님이 서둘러 결혼을 추진하셨다. 가능하면 서른 살에 딸을 결혼시키는 게 좋다고 판단하신 것 같다. 사귄 지 6개월 만에 결혼에 골인했다. 주변 흐름이 나를 결혼하게 했다. 나는 마치 급물살에 빠르게 휩쓸려가는 배에 올라탄 것 같았다. 어느새 결혼식장에서 드레스를 입은 채 화사하게 웃고 있었다.

그렇게 시작된 삼십대는 두 아이 육아로 빠르게 지나갔다. 서른두 살에 첫째 아이를 낳고 서른여섯 살에는 둘째 아이를 낳아 3년 8개월간 휴직했다. 넉넉하지 않은 수당과 약간의 여유 자금으로 늘 쪼들리는 생활을 했다.

마음에 여유가 별로 없었다. 나를 위한 물건을 산다는 건 꿈같은 일이었다. 소비를 줄이고 또 줄여야 목표 삼은 3년 육아 휴직이 가능했다. 독박 육아로 너무 지치고 힘들었다. 내 인생 최고의 암흑기였다. 죽을 것처럼 힘들었다.

감정 변화 폭이 컸다. 스스로도 감당하기 힘들 정도로 날마다 감정이 롤러코스터를 탔다. 우울한 마음이 수시로 들었고, 깊어져서 지하 100층까지 땅굴을 파 내려갔다.

아이들은 내 생각대로 움직이지 않았다. 남편은 단어 그대로 남의 편이 된 것 같았다. 내가 나를 힘들게 했다. 내 안에는 세상에서 가장 차가운 비평가가 있었다. 내 안의 비평가는 내가 작은 실수라도 하면 비난하고 비판하는 말을 수시로 하는 것이 특기였다. 나를 칭찬하고 편 들어주는 시간은 턱없이 적었다.

차가운 비평가의 말을 들으며 나 자신을 하찮게 대했다. 나를 힘들게 한 사람은 아이들과 남편이 아니었다. 너무나 차갑고 바른말만 떠들어대는 내면의 비평가, 바로 나 자신이었다.

나를 이해하는 작업을 해나갔다. 그게 바로 고전 필사와 책 쓰기였다. 삼십대 후반부터 고전을 필사하고, 책을 쓰면서 내 삶을 다르게 바라보게 되었다.

이를 위해서 새벽 4시에 일어났다. 새벽에 홀로 깨어 필사하며 생각을 깨웠다. 육아 휴직 동안 내가 경험한 것, 공부한 것을 차곡차곡 글로 풀어 책을 출간했다.

"책을 쓴다는 것은 무엇을 가르치기 위함이 아니다. 독자보다 우위에 있음을 과시하기 위함도 아니다. 책을 쓴다는 것은 무언가를 통해 자기를 극복했다는 일종의 증거다. 낡은 자기를 뛰어넘어 새로운 인간으로 탈피했다는 증거다."라는 니체의 말처럼.

이제 나는 오직 스스로 바꿀 수 있는 것에만 집중한다. 날마다 나 자신과 베스트 프렌드로 지내는 연습을 한다. 나를 있는 그대로 이해하고 제대로 사랑하려 한다. 내가 나의 진정한 팬이 되어 오늘을 사는 것이다. 남이 아닌 나에게 집중하며, 내가 하고 싶은 것들을 해보며 살기로 마음먹었다. 이를 위해 삶에서 중요한 것만 남겼다.

나에게 부정적인 영향을 주는 관계부터 하나씩 끊어냈다. 만났을 때 마음이 불편하고, 눈치 보게 하는 사람은 더 이상 만나지 않는다. 남 욕하기, 탓하기, 불평 불만하기 위주로 대화가 이루어지는 자리에도 애써 가지 않는다.

대신 고독을 즐긴다. 나에게 들려주는 말도 의식적으로 사랑의 말, 감사의 말로 바꿨다. 우울해지는 생각 패턴을 발견하고 다른 것으로 대체해서 연습하는 시간도 보낸다.

하루 동안 내가 쓸 수 있는 에너지는 한정적이다. 일하고, 아이 둘을 돌보다 보면 에너지가 점점 방전된다. 거기에 다른 사람들의 평가와 내가 잘못한 일을 곱씹는 데 시간을 쓰면 에너지는 더 사라지고 없다.

공자는 나이 먹으면서 바뀐 자기 모습을 《논어》에 이렇게 썼다. "나는 15세에 배움에 뜻을 두었고, 30세가 되어서는 자립했으며, 40세가 되어서는 미혹되지 않았고, 50세가 되어서는 천명(하늘의 명)을 알게 되었으며, 60세가 되어서는 귀가 순해졌고, 70세가 되어서는 마음이 하고자 하는 대로 따라도 법도를 어기지 않았다."

사십대의 인생 목표를 아주 심플하게 정했다. 나를 조건 없이 사랑하기. 존재만으로도 너무 소중한 나를 사랑하고 응원하기. 내가 내 편이 되는 것에 집중하기. 나를 위해서 좋은 에너지를 쓰기. 이를 위해 계속 나를 제대로 알아가는 여행 중이다.

소크라테스도 말하지 않았는가. "너 자신을 알라." 마흔에는 나를 알아가는 데 집중하기로 했다. 새로운 사건을 만날 때마다 나를 더 이해하고 사랑하는 마음을 키우는 배움과 성장의 기회로 받아들이기로 했다. 지금의 나를 만나기까지의 여정을 이 책에 담았다.

이 책이 나오기까지 많은 분의 도움이 있었다. 먼저 이 책을 알아봐 주신 체인지업의 김형준 대표님께 감사한 마음을 전한다. 하고 싶은 일을 하는 며느리이자 딸을 지지해 주시는 양가 부모님께 감사드린다. 새벽마다 작가로 살 수 있도록 아이들 곁에 있고, 내가 하는 도전을 무한 응원해 주는 남편에게 감사하다.

엄마와 함께 자신을 사랑하는 사람으로 자라고 있는 하민, 지민에게 고맙다. 책을 낼 때마다 적절하게 도움을 주신 아레테인문아카데미 임성훈 작가에게 감사하다. 마지막으로 이 책을 펼친 독자분들에게 가장 감사하다. 여러분이 있어 책이 세상에 나올 수 있었다.

조건 없이 자신을 사랑하는 사람이 되는 여정에서 이 책이 당신과 따스하게 동행할 수 있기를 바란다. 조건 없이 스스로를 사랑하는 사람이 점차 많아지길 바라면서.

감사와 사랑을 담아
지에스더

1장

나는 왜
내가 미울까

나는 조건 없이
나를 사랑한다

나를 사랑하지 못하는

어른이 됐다

·

그는 사랑을 했다.
자기 자신을 발견한 것이었다.
그러나 대부분의 사람은
자기 자신을 잃어버리기 위한 사랑을 한다.

헤르만 헤세, 《데미안》

"나를 왜 좋아해요? 좋아하지 마요."

정신없이 임용 시험을 준비하던 대학교 4학년 때였다. 잘 모르는 한 오빠가 자신의 마음을 꾸준하게 드러냈다. 그는 내가 공부하던 도서관 책상 위에 초콜릿과 포스트잇에 적은 응원 메시지를 남겼다. 월요일부터 금요일까지 일관성 있게 행동했다. 솔직히 그가 이해되지 않았다.

'나를 왜 좋아하는 거지?'

빼빼로 데이에 수줍은 얼굴로 선물을 주던 그에게 모진 말을 했다. 나를 좋아하지 말라고 못박았다. 그런데 신기했다. 그는 태도를 바꾸지 않았다. 그럴수록 나는 콧대를 높이며 도도하게 행동했다. 나는 청개구리였다. 나를 좋아한다는 사람은 밀어냈다. 반면 내가 좋아하는 사람에게는 거절 받을 게 두렵고, 멀어지는 게 싫어서 마음을 솔직하게 표현하지 못했다.

대학교 1학년 2학기 때 좋아했던 사람이 있다. 그와 있으면 기분이 좋았다. 둘이서 밥도 자주 먹고 함께 도서관에서 공부도 했다. 나도 모르게 그를 좋아하는 마음이 점차 커졌다. 멀리서 그가 걸어오면 심장이 심하게 두근거렸다. 공부하다가도 그를 생각하는 시간이 많아졌다. 그가 차츰 나와 멀어지는 태도를 보일수록 나는 그에게 더욱 매달렸다. 그를 향한 사랑이 불타올랐다. 불꽃이 꺼지지 않고 커져서 내 마음에 가득 차버렸다.

다음해에 그가 군대에 가버렸지만, 그를 좋아하는 마음의 불을 끌 수 없었다. 곁에 없으니 더 보고 싶었다. 2주에 한 번씩 그에게 편지를 보냈다. 그걸 2년 동안이나 하면서도 편지에 차마 좋아한다는 말은 쓰지 못했다. 한결같이 "우리는 좋은 친구"라는 말로 편지를 끝냈다. 내 마음을 솔직하게 표현하면 그가 떠나버릴 것 같았다. 그게 무서웠다.

대학교 4학년 때 내가 영국에 가면서 더 이상 편지를 쓰지 못했다. 일 년 뒤에 학교에 돌아왔을 때 그의 옆에는 예쁜 여자친구가 있었다. 나는 2년 동안 의미 없는 편지만 썼을 뿐, 사랑을 표현하는 데에 서툴렀다.

좋아하는 사람이 생기면, 마음을 꼭꼭 숨기고 표현하지도 못하면서 그가 나를 알아주면 좋겠다는 생각뿐이었다. 아 이러니하다. 나를 좋아하는 사람에게는 관심 없고, 내가 좋아하는 사람에게는 표현을 제대로 하지 못하고.

누군가 자기 마음을 고백하면 내 반응은 한결같았다. '나를 왜 좋아하지. 좋아할 부분이 없는데.' 내 눈에 나는 전혀 예뻐 보이지 않았다. 고등학교 때까지는 우울한 빛이 더 많은 얼굴이었다. 오죽하면 너무 웃겨서 웃은 거였는데, 친구가 이렇게 말할 정도였다. "너는 왜 웃는데 우는 얼굴이야?" 외모를 꾸미는 데에도 크게 관심 없었다. 안경을 쓰고 머리를 하나로 질끈 묶고 편안한 청바지를 입고 다녔다. 나를 좋아하는 이성이 있다는 게 이상했다. 나는 사랑받을 만한 사람이 아니었다.

그래도 어른이 되면 사랑하는 사람을 만나서 알콩달콩 연애할 줄 알았다. 고등학교 가정 시간에 받은 숙제에서 아이를 네 명 낳는 현모양처가 될 거라고 쓸 정도였다. 막연하게 어른이 되면 누군가를 만나서 사랑하고 가정을 이룰 거라고 상상했다. 하지만 내가 상상했던 내 모습과 실제 삶은 달랐다.

누군가에게 사랑받고 내 사랑을 표현하는 건 공부보다 어려웠다. 나는 자꾸만 사랑받을 자격이 없다고 느꼈다. 사랑받기에는 턱없이 부족하다고 생각했다. 그래서 나를 좋아한다는 사람에게서는 도망쳤다. 나를 좋아해주는 마음이 불편했다. 진짜 내 모습을 알면 떠나버릴 것 같아서 두려웠다. 마음을 편안하게 열지 못했다. 결국 어른이 되어도 연애를 잘 하지 못했다.

나는 나를 사랑하지 않았다. 남들 생각에 맞추느라 전전긍긍했다. 누군가가 만날 때마다 내 말투와 행동을 지적하면, 그 사람 앞에서 자꾸 작아졌다. 나에게 이렇게 저렇게 바꾸면 좋겠다고 언급한 것을 그대로 하려고 노력했다.

그럴수록 돌아오는 것은 비판적으로 지적하는 말뿐이었다. 그때마다 쥐구멍에 들어가서 숨고 싶었다. 내 존재가 사라지는 기분이 들었다.

직장생활을 몇 년 해도 크게 달라지는 건 없었다. 오히려 해가 갈수록 남들 눈치를 더 살폈다. 타인에게 잘 보이려고 애썼다. 다른 사람의 기분을 맞추느라 정작 내 감정은 제대로 표현하지 못했다. 감정을 꼭꼭 숨기는 게 더 편했다.

남에게 내 이야기를 잘 하지 않았다. 힘들 때 주변 사람들에게 마음을 열지 못했다. 내 감정을 솔직하게 말하면 안 될 것 같았다. 그러면 모두 나를 떠나갈 것 같았다. 나에게 실망할까 봐 두려웠다.

반면 내 곁에 있는 누군가가 힘들어한다 싶으면 과하게 위로했다. 오로지 남을 위하는 데 돈과 시간을 썼다. 나에겐 남는 게 없었다. 집으로 돌아가는 길에 마음이 허했다.

누구도 나를 찾지 않으면 외롭고 우울했다. 그럴수록 남을 챙기고 위로하는 것만 무한 반복했다. 인기 많고 주변 사람에게 사랑받는 친구나 직장 동료가 부러웠다.

신기하게 자석처럼 사람들을 끌어당기는 이들이 있었다. 누군가에게 둘러싸인 그들은 행복해 보였다. 나는 힘겹게 타인에게 맞추면서 관계를 유지하는데, 어떤 이들은 눈치 보지 않아도 사람들이 곁에 있었다. 그런 이들과 나를 비교하자니 자꾸만 작아졌다.

나는 어른이 되면 나를 사랑하게 될 줄 알았다. 하지만 오히려 나 자신을 잃어버리는 사랑을 했다. 세상에서 제일 중요한 나를 발견하고 이해하는 데 마음을 쓰지 않았다. 나를 제대로 사랑하는 방법을 몰랐다.

나에게 관심을 두기보다는 타인에게 눈을 돌렸다. 온 마음을 다해 다른 사람을 위해 썼다. 거기에 나는 없었다.

이상했다. 사랑받고 싶어서 다른 사람들에게 맞추며 애쓸수록 내 존재는 희미해졌다. 더 외로웠다. 시간이 갈수록 나를 사랑하는 힘이 점점 사라졌다. 결국 내 곁에 아무것도 남는 건 없다는 걸 알게 되었다. 나는 어른이 되었지만 나를 사랑하지 못했다.

채워지지 않는

마음

•

그렇다면 모든 욕구자들은 저마다
자기가 현재 누리고 있지 못한 것이나
지니고 있지 못한 것을 욕구하는 것이라고 해야할 걸세.
자기에게 전혀 없거나 이루어지지 않은 것,
그리고 자기에게 결핍된 것이 사랑의 대상이 될 게 아닌가?

플라톤, 《소크라테스의 향연》

"1회 8만 원, 10회 총 80만 원입니다. 10회를 하셨으니 1회는 서비스로 드릴게요. 일시불로 할까요, 할부로 할까요?"

"할부로 해주세요. 몇 개월까지 무이자죠?"

"3개월이요."

"네, 그렇게 해주세요."

"감사합니다. 지금도 예쁘시지만, 앞으로 더 예뻐지실 거예요. 지금은 내장지방이 너무 많으세요. 이걸 빼셔야 건강해지세요. 당연히 피부도 좋아지실 거고요."

"좋아요. 얼른 관리 받고 싶어요. 다음 주 언제로 예약하면 되죠?"

직장생활 2년 차. 같이 일하는 선생님들과 여름방학 기간을 활용해 2주 동안 웰빙 연수를 들었다. 운동하는 법, 화장하는 법, 피부 관리, 복부 관리 무료 체험까지 있었다. 건강하게 예뻐지는 방법을 알려주는 과정이었다. 신세계였다.

나는 화장 예쁘게 하는 법을 배운 뒤 당장 백화점에 갔다. 수업에서 있으면 좋다고 언급한 화장품들을 모조리 구매했다. 신용카드를 긁으며 전혀 고민하지 않았다. 마스카라, 아이라이너, 리무버, 볼터치, 아이섀도, 프라이머까지. 다해서 몇 십만 원어치를 샀다. 지금까지 제대로 화장해본 적이 없었다. 예뻐지려면 모든 제품이 다 필요했다.

'이제 직장인이고 내 피부는 소중하니까 당연히 백화점 화장품을 사 줘야지. 남들이 이름만 들어도 알 수 있는 메이커 제품으로 써야 하는 거야'라고 생각했다.

백화점 1층에서 다양한 화장품 매장을 둘러보며 화려하게 빛나는 제품들을 봤을 때 가슴이 두근거렸다. 연수에서 배운 대로 화장하면 지금보다 더 예뻐질 것 같았다. 그동안 나를 꾸미는 데 소홀했다. 이제라도 배워서 다행이라 여겼다.

다음으로 복부 관리 체험을 받았다. 관리 시작 전에 인바디로 몸 상태를 체크했다. 기계에 서서 손잡이를 잡으며 두근거렸다. '나는 건강한 몸일까? 비만일까? 아닐까?' 결과는 마른 비만이었고 내장지방이 높은 레벨이었다.

인바디를 끝내고 40분 동안 복부 관리를 받았다. "악" 소리가 절로 나왔다. 복부 관리사가 이렇게 작은 압력에 아파하는 분은 처음이라고 말했다. 얼굴이 달아올랐다. 그동안 내가 몸 관리를 너무 안 한 것 같았다.

관리를 끝낸 뒤에 한 번 더 인바디로 몸 상태를 측정했다. 관리를 받으니 신기하게 내장지방이 빠졌다. 상담사는 내가 마른 비만이라고 했다. 지금같이 살면 나이 들면서 다리는 얇아지고 배만 나오는 이티 체형이 될 수 있다고 덧붙였다. 내 얼굴에 이티 체형을 상상하니 예쁘지 않았다. 그런 미래는 어떻게든 피하고 싶었다.

짧은 상담을 받았을 뿐인데, 나는 어느새 3개월 할부로 10회 관리권을 끊고 있었다. 한 번에 80만원을 내는 게 부담스러웠다. 심장이 심하게 떨렸다. 당시 나에게는 큰돈이었고, 한 번에 긁어본 적이 없는 돈이었기 때문이다.

화장품 구매하고 복부 관리까지 받느라고 이틀 동안 100만원을 넘게 썼다. 하지만 앞으로 날아올 신용카드 청구서는 생각하지 않기로 했다.

'예뻐진다는데 이 정도도 못 하겠는가. 다달이 월급도 나오는 걸. 나를 위해 투자해도 돼. 예쁘게 꾸미면 나는 더 사랑스러워질 테니까.' 애써 합리화했다.

이후로 소비에 점점 가속도가 붙었다. 계절이 바뀔 때마다 새롭게 옷을 사는 습관이 생겼다. 화장하니까 화사한 얼굴과 어울리는 옷도 입고 싶었다. 몸의 한 부분을 성형하면 거기 맞추고자 다른 부분까지 건드린다는 말이 딱 맞았다. 옷을 사니까 거기에 어울리는 신발도 필요했다. 신발을 사니까 가방도 있어야 했다. 모두 신용카드로 계산했다. 꾸미면 예뻐지리라 생각하며 끝없이 돈을 썼다.

눈덩이는 처음에 굴릴 때는 아주 작다. 하지만 굴리다 보면 나도 모르는 사이에 점차 커진다. 단순하게 예뻐지고 싶다는 소망으로 쓴 돈이 차츰 커지고 커져서 다달이 신용카드 대금을 갚느라 허덕이는 생활을 반복했다.

해를 거듭할수록 모아놓은 돈이 얼마 없다는 게 부끄러웠다. 현실을 직시하고 해결책을 찾기보다는 그래도 날마다 예뻐지고 있다며 위로했다.

하지만 과하게 소비하며 아무리 꾸며도 내 모습은 예뻐 보이지 않았다. 이상하게도 복부 관리를 받을수록 오히려 스트레스가 더 쌓였다. 일주일 동안 식단을 관리하지 못한 나를 자책했다.

옷도 살 때뿐이었다. 다음 날 옷장을 열면 같은 고민을 했다. '왜 이렇게 입을 옷이 없지. 분명 전보다 옷이 더 많아졌는데.' 백화점에서 입어봤을 때는 내가 빛나 보였다. 자신 있게 "이걸로 살게요" 하고 신용카드를 긁고 집에 와서 보면 뭔가 부족했다.

'옷에 맞는 액세서리를 사야 했을까?' 뭘 입어도 내가 사랑스럽지 않았다. 소비가 만족스럽지 않을수록 마음 한편에서 불안과 걱정이 피어났다. 이렇게 가다가는 모은 돈 없이 신용카드 빚만 갚느라 허덕일 것 같았다. 뭔가 방법을 찾아야 했다.

나는 내 모습을 예쁘게 꾸미면 예뻐질 줄 알았다. 그러면 나를 사랑하는 마음도 자연스럽게 생길 거라 여겼다. 착각한 거였다. 겉모습을 아무리 꾸며도 나를 사랑하는 마음이 차오르지 않았다.

오히려 부족한 점만 자꾸 눈에 들어왔다. 지금보다 더 나아져야 할 곳에만 시선이 머물렀다. 하나를 채우면 다른 부분이 부족해 보였다. '뭘 더 사야 할까?' 계속 같은 고민을 했다.

나는 틀에 박혀 있었다. 스스로 비좁은 상자에 갇혀 있었다. 거기 있기보다는 문을 열고 나와야 했다. 하지만 나오기가 두려웠다.

어떻게 해야 나를 사랑할 수 있는지 알지 못했다. 돈을 과하게 쓰면서 겉모습을 아무리 꾸며도 마음은 채워지지 않았다. 오히려 돈에 대한 자신감이 녹아내리면서 나를 사랑하는 마음 역시 희미해졌다.

예뻐지기 위해 돈을 쓰는 것으로 채워지지 않는 마음이 있음을 그땐 미처 알지 못했다.

밖으로 향한

기준

•

다른 갈매기들과 똑같은 갈매기가 되겠다고 결심하니
마음이 한결 가벼웠다.
이제 그를 배움으로 몰아대던 힘과
아무런 관계도 없을 테고,
더 이상은 도전도 없고 실패도 없을 터였다.

리처드 바크, 《갈매기의 꿈》

대학생 때부터 알고 지낸 동생과 일 년 만에 전화 통화를
했다. 기간제 교사로 일하면서 공부의 끈을 놓지 않았고,
결국 14년 만에 임용고사에 합격한 동생이었다.

합격 소식을 듣고 너무 기뻐서 앞으로 동생에게 열릴 새로
운 길을 응원해 주었다. 그런데 그때로부터 일 년 만에 통
화하니 동생의 목소리에 힘이 없었다.

작년에 너무 잘 되었다며 소리를 질렀던 게 엊그제 일 같은
데. 동생은 생각만큼 행복하지 않은 자기 모습에 힘들어하
는 것 같았다.

"언니, 저 작년에 힘들었어요. 임용고사 합격하고 새로운
곳에 발령받아서 근무하는데요. 오히려 덜 행복한 거예요.
시험에 붙으면 마냥 좋을 줄 알았는데 아니었어요."

"그랬구나. 나도 그랬어. 합격해서 발령받았을 때는 아이
들을 가르치면서 좋기만 할 줄 알았어. 하지만 또 다른 고
민을 하더라고. 주제만 바뀔 뿐이야. 늘 새로운 고민이 나
를 따라다녀."

동생의 마음이 너무나 이해되었다. 나 역시 그런 생각을 했기 때문이었다. 시험에 합격한 뒤에 미국이나 영국으로 유학을 갈 거라고 굳게 다짐했다. 임용 공부하며 계속 희망을 품었다. 임용고사에 합격해서 즐겁게 아이들을 가르치는 모습을 선명하게 상상했다. 기분이 좋았다.

안정적인 직업으로 다달이 월급 받으며 공부하고, 준비해서 유학까지 갔다 오는 삶. 얼마나 멋진가. 그렇게만 된다면 진짜 행복한 인생만 펼쳐지리라. 기숙사에서 같은 방을 쓰는 후배들이 모두 자는 새벽에 홀로 일어났다. 새벽부터 공부하는 사람은 별로 없었다. 외롭긴 했지만, 더 밝은 미래가 기다리고 있으니까 참을 수 있었다.

"엄마, 나 합격했어요!" 인터넷에서 합격자 명단을 확인하던 날, 전화를 받은 엄마의 울음소리가 들렸다. 내 눈에서도 주체할 수 없는 뜨거운 눈물이 흘러내렸다. 내가 결국 해내다니, 세상을 다 가진 기분이었다.

'좋아, 이제 꽃길만 걸으면 돼. 내가 꿈꾸던 모습대로 살 수 있어. 앞으로 좋은 일만 생길 거야. 사랑하는 사람을 만나 연애도 할 거고, 결혼해서 행복한 가정도 꾸릴 거야. 교사는 신붓감 1순위라니까 설마 만날 사람이 없겠어? 앞으로 즐기기만 하자.' 그렇게 대학 생활하는 동안 정들었던 도시를 떠나 대전에서 근무하게 되었다.

하지만 장애 학생을 가르치는 일은 생각만큼 쉽지 않았다. 나는 새로운 문제 앞에서 자꾸 움츠러들었다. 자신 없었다. 특수교사 1년 차가 뭘 많이 알겠는가. 모든 게 처음이었다. 그렇지만 잘하고 싶었다. 이제 시작한 사람일지라도 전문성 있는 교사로 보이길 바랐다.

하지만 학생에서 직장인이라는 새로운 세계로 가려면 기존 세계를 깨뜨려야 했다. 그러기 위해 온 힘을 다해야 한다는 것을 알지 못했다. 새롭게 경험치가 있어야 해결할 수 있는 문제를 만날 때마다 좌절하고 넘어졌다. 현재 수준에서 조금씩 내공과 실력을 쌓겠다는 생각으로 나아가지 못했다.

자꾸 나보다 더 높은 레벨에 있는 사람과 나를 비교했다. 그와 같아지려고 뱁새가 황새를 쫓아가는 것처럼 발버둥 쳤다. 그럴수록 자신감을 잃었다. 잘하고 있다는 생각이 전혀 들지 않았다.

게다가 누가 교사를 1등 신붓감이라고 했단 말인가. 막상

교사가 되니 남자를 만날 기회가 별로 없었다. 오히려 대학생 때 주변에 남자들이 더 많았다.

초등교사는 대부분 여자였고, 특수교사의 수는 더 적었다. 새로운 지역에서 일해서 아는 사람도 없었다. 그러다 우연히 같은 학교에서 근무하는 동갑내기 교사와 친해져서 소개팅을 받았다. 소개팅은 처음이라서 너무 떨렸다.

'무슨 옷을 입고 가면 좋을까? 만나면 무슨 이야기를 해야 할까? 이제 나에게 연애 기회가 생기는 건가?' 생각이 꼬리에 꼬리를 물었다. 소개팅 전날 밤에 잠을 이루지 못했다. 다음 날 소개팅 상대와 만나는 동안 즐거웠다. 한 번 더 만나보고 싶었다. 새로운 이성과 이야기 나누는 게 좋았다. 하지만 그는 만남 이후로 내 연락처조차 물어보지 않았다.

'내가 이토록 남자에게 매력이 없었나.' 교사라는 직업은 새로운 남자를 만나는 자리에서는 쓸모없었다. '이러다 연애하고 결혼은 할 수나 있을까.' 나는 사랑하는 사람을 찾는 일에 자신 없어졌다. 잔뜩 움츠러들었다. 한 번의 실패로 누구를 만나는 게 두려웠다. 왜 그동안 나 좋다는 사람을 뻥뻥 차버렸단 말인가. 지나간 시간을 후회했다.

나는 취업만 하면 행복해질 줄 알았다. 교사가 되어서 유학도 가고 꿈을 펼칠 생각을 하며 열심히 공부했다. 하지만 막상 합격하고 난 뒤에 그 꿈은 어딘가로 사라졌다.

나는 월급을 받고 사는 생활에 금세 적응했다. 다른 나라에 가서 굳이 고생하며 공부하고 싶지 않았다. 현실에 완전히 적응하고 꿈은 잊었다. 연애도 못하고, 딱히 잘하는 게 없는 내 모습이 마음에 들지 않았다.

시험에 합격한 이후로 뭐 하나 제대로 이룬 게 없었다. 오로지 합격이라는 목표만을 생각하며 공부하던 때가 더 좋았다. 그 시절이 장밋빛처럼 아름답게만 보였다.

취업만 하면 행복해질 줄 알았는데 첫 단추부터 잘못 끼웠다. 취업은 새로운 세계로 가기 위한 기회의 문이었다. 그것만 이루면 행복해질 거라는 건 틀린 생각이었다. 동생도 나도 그걸 몰랐다.

스스로 만든

주홍글씨

•

어떤 외적인 일로 네가 고통 받는다면,
너를 괴롭히는 것은 그 외적인 일이 아니라
그에 대한 네 판단이다.
또한 그 판단을 당장 지워 없애는 것은
너 자신에게 달려있다.

마르쿠스 아우렐리우스, 《명상록》

7월의 뜨거운 햇살이 머문 토요일 오후였다. 아이들과 도서관에 가기 위해 밖으로 나왔다. 1.5톤 트럭이 차 앞을 가로막고 있었다. 그 차에 손을 대니 이미 엄청나게 달구어진 상태였다.

"앗 뜨거워! 엄마 차가 너무 뜨거워요."

두 아이가 반복하며 말했다. 도서관에 가려면 1.5톤 트럭을 밀어내야 하는데, 도저히 밀 수 없었다. 전화를 걸었다.

"차 좀 빼주시겠어요?"

"지금 중립으로 되어있을 텐데 그냥 미세요."

상대의 반응에서 기분이 확 상했다. 그 사람은 1.5톤 트럭을 여자인 나에게 밀라고 아무렇지도 않게 말했다. 속에서 욕이 절로 나왔다.

"트럭이고 차체가 너무 뜨거워서 못 밀겠어요. 죄송하지만 차 좀 빼주세요."

그렇게 말해놓고 스스로 못마땅했다. 그의 태도보다 더 마음에 들지 않았던 건 그에게 주눅이 든 것처럼 대답한 내 말투였다. 내 차 앞쪽에 중립으로 세워진 차라면 차 주인에게 빼달라고 할 수 있었다.

당연한 것을 말하면서 나는 오히려 죄송하다며 고개를 숙이고 있었다. 자동반사로 튀어나온 '죄송한데'라는 표현이 마음에 들지 않았다. 내가 타인에게 뭔가를 부탁할 때 무조건 붙이는 멘트. 무의식적으로 그걸 말한 데다 더운 날씨까지 합쳐져서 불쾌지수가 급속도로 높아졌다.

"너는 왜 자꾸 미안하다고 말해? 너, 툭하면 미안하다고 그러더라. 네가 진짜 잘못했을 때 미안하다고 해야지. 무조건 미안하다고 말하면 사과로 안 들려."

대학생 때 룸메이트가 나에게 해준 말이었다. 그 친구는 미안하다는 표현을 자주 하지 않았다. 정말 자기가 잘못했다고 느낄 때 사과하는 용도로만 정확히 사용했다.

그에 비해서 나는 크게 잘못한 일이 아니어도 상대방에게 벌벌 떨면서 사과했다. 아주 작은 실수조차 편안하게 넘기지 못했다.

나는 타인의 실수에는 관대한 편이었다. 상대가 솔직하게 자기 상황을 설명하면 괜찮았다. 사과도 잘 받아들였다. 상대의 잘못한 행동도 금세 잊어버렸다.

하지만 내가 실수했을 때는 도저히 견디기 힘들었다. 아주 작은 잘못도 거대하게 다가왔다. 미안한 마음이 커지고 커져서 내 몸을 덮쳐버렸다. 상대방이 괜찮다고 해도 내가 받아들이지 못했다. 내 실수를 곱씹고 또 곱씹으며 잠을 이루지 못했다.

'그 사람이 나한테 실망했으면 어쩌지. 나를 싫어하면 어떡하지.' 불필요한 생각까지 이어져 과도하게 걱정했다. 타인에게 사랑받고 인정받으려면 실수하지 않고 잘 보여야 한다고 생각했다.

그래서 잘 보이고 싶은 이들 앞에서는 몸이 굳어졌다. 자연스럽고 편안하게 행동하지 못했다. 그들의 눈치를 살피느라 바쁘게 레이더가 돌아갔다. '같이 있으면서 실수하지 말아야 한다, 잘해야 한다'라는 스스로 만든 압박으로 마음이 편안하지 않았다.

실수한 행동을 끝없이 판단하면서 나를 힘들게 만들었다. 불필요한 생각으로 마음에 폭풍우가 몰아치게 했다. 평정심을 잃어버린 상태에서 휘몰아치는 생각을 멈추지 못했다. 지금보다 나아지려면 어떻게 행동해야 하는지 몰랐다.

타인이 나를 어떻게 생각할지, 타인의 반응에만 과하게 매달렸다. 똑같은 실수를 하지 않기 위해서 다음에는 어떻게 해야겠다는 건설적인 생각으로 전환하지 못했다.

나는 습관적으로 미안하다는 생각부터 하며 나 자신에게 고통을 주었다. 미안하다고 말하는 습관은 엄마가 되어서 정점에 이르렀다.

남편의 기분이 나쁘면 다 내가 잘못해서 그런 것 같았다. 얼른 그의 기분을 풀어주어야 한다는 책임감을 과하게 느꼈다. 전전긍긍했다. 아이들을 돌보고 있어도 신경이 남편에게로 향해 있었다. 내가 먼저 미안하다는 말부터 했다. 가장 믿는 사람에게 사랑받고 싶어서, 그 사람 기분에 무조건 맞추려는 태도였다.

남편에게 힘든 마음을 편안하게 털어놓지도 못했다. 씩씩하게 육아를 해내는 밝고 긍정적인 사람으로만 보이려 했다. 내가 힘들다고 하면 남편도 같이 힘들 것 같아서, 그런 말을 꺼내지 못했다.

그건 내가 타인의 힘든 이야기를 들어주며 커왔기 때문이었다. 가장 가까운 친정엄마와의 익숙해진 관계 때문이었다.

"모든 일에 네가 더 잘해야 해. 다른 사람 입에 오를 행동은 하면 안 돼. 좋은 모습을 보여줘야지."

친정엄마에게 힘든 것을 말하면 내 마음을 따스하게 위로해 주시기보다는 오히려 냉정하게 조언하셨다. 힘들어서 엄마에게 속마음을 털어놓으면, 나에게 되돌아오는 건 내가 더 잘해야 한다는 차가운 말이었다.

내 모습을 있는 그대로 인정받지 못했다. 엄마가 힘들어하는 이야기를 들으면서, 나까지 엄마를 힘들게 만들면 안 된다고 생각하며 자랐다.

아이가 열이 나서 아프면 모두 내 탓인 것 같았다. 아이가 자주 아픈 것도 내 잘못으로 생각했다. 내가 아이를 더 잘 돌보았어야 했는데, 살피지 못해서 일이 그렇게 되었다고 여겼다. 미안했다.

모든 문제의 원인은 바로 나였다. 육아하며 마음이 편치 않았다. 아이들한테 과도하게 미안하다는 말을 사용하고 있었다.

조금이라도 화가 나서 아이에게 큰소리를 낸 날은 밤마다 사과하기 일쑤였다. 내 감정이 상해서 화를 내거나 큰소리를 낼 수도 있는 거라고 편안하게 받아들이지 못했다.

좋은 엄마는 언제나 아이의 실수를 관대하게 이해해주고 안아주는 엄마라고 생각했다. 나처럼 크게 화내는 사람은 그 기준에 맞지 않았다. 자격 미달이었다. 나는 아이들에게 좋은 엄마가 아니어서 미안했다. 하지만 이것은 나를 사랑하지 못하고 냉정하게 몰아세우는 생각일 뿐이었다.

나는 사소한 실수조차 크게 미안해했다. 우선 과하게 사과하는 내 모습을 가만히 바라보고 무엇으로부터 이런 생각이 오는지를 파악해야 했다. 오로지 타인의 반응에만 집중했을 때는 빛을 잃어버렸다.

빛을 두꺼운 껍질 속에 가둔 채 고통스럽다고만 느꼈다. 두려워서 깨뜨리지 못했다. 다른 사람의 눈치를 보느라 성급하게 미안하다고 말할수록 내가 깨뜨려야 할 껍질은 더 두꺼워질 따름이었다.

사소한 것에도 과하게 미안해하고, 실수를 편안하게 받아들이지 못하는 내 모습부터 바꾸어야 했다.

너는 왜 자꾸 미안해하느냐는 친구의 말은 내가 바꾸어야 한다는 것을 의미했다. 나에게는 용기가 필요했다. 껍질을 벗겨내기가 힘들더라도 나를 사랑하는 마음으로 나아가야 했다.

변화는 미안하다고 말하는 상황 속에서 내가 가장 두려워하고 있는 것부터 하나씩 알아주는 데서 시작될 것이었다. 껍질을 조금씩 벗겨내는 것이 내가 할 일이었다. 껍질 안에 강력한 빛이 있다는 것을 믿고 내 손으로 헤쳐 나가야 했다. 그것이 내 삶의 과제였다.

나를 사랑하는 일이

왜 힘들까?

·

그러나 내가 한 일 가운데 잘한 일,
마음에 드는 일, 칭찬받아 마땅한 일이 하나 있으니,
바로 스스로를 증오하는 일을 그만둔 것,
어리석기 짝이 없는 황폐한 삶에
종지부를 찍은 것이다!

헤르만 헤세, 《싯다르타》

자꾸 힘이 빠졌다. 우울한 기분이 나를 덮쳐왔다. 책 한 권을 본 뒤였다. 출판사에서 나에게 서평을 의뢰한 책이었다. 2022년 7월 7일에 출간된 따끈따끈한 신간이었다.

그 아래 보이는 글자는 7월 15일, 초판 2쇄 발행. 8일 만에 새롭게 찍어낸 책을 받았다. 또 다른 책은 3개월 만에 9쇄를 찍었다. '2쇄를 8일 만에 찍다니. 3개월 만에 9쇄라니.' 누군지도 모르는 두 사람이 부러웠다. 어떻게 이렇게 해낼 수 있었는지 그들을 찾아가서 물어보고 싶었다. 반면에 그런 성과를 내지 못한 내 책들이 눈에 들어왔다.

그냥 울고 싶었다. 홀로 걸어가는 슬픈 사람의 뒷모습과 내 몸이 하나가 된 듯 했다. 울적한 기운이 나를 감싸 안았다. 시작은 우울하다는 마음이었지만, 자석처럼 결이 비슷한 다른 감정들을 끌어당기고 있었다. 자책, 죄책감, 서글픔, 괴로움까지.

어느새 내 책과 나는 동일한 존재가 되어버렸다. 나는 뭔가 부족한 사람이 된 것 같았다. 내가 쓴 책은 그들처럼 빠르게 몇 쇄를 찍어본 적이 없었는데.

기운이 쭉 빠졌다. 어린 두 아이를 키우며 책을 꾸준하게 써

온 시간을 대견하게 여겼던 기억은 사라졌다. 나는 그렇게 하지 못하고 있다는 이유로 나를 무너뜨리려 하고 있었다.

그동안 이런 패턴을 무수히 반복해왔다. 다른 사람이 해낸 것을 보면서, 나에게 없는 것을 가진 이를 보면서 나와 비교했다. 나는 그 사람처럼 하지 못했다는 생각은 자책 모드에 빠지게 했다.

끝도 없는 질투를 느꼈다. 내가 더 노력하고 잘했어야 한다는 말을 내뱉었다. 그렇지만 나에게는 그게 최선이었다. 더 이상 그 사람처럼 할 수 없다는 좌절감이 밀려왔다. 거기에서 멈추는 법을 몰랐다.

생각이 생각을 몰고 왔다. 계속 이어졌다. 감정의 늪으로 빠지도록 만들었다. 이러한 생각 패턴은 내 오래된 습관이었다는 것을 최근에야 알았다.

나는 슬픔, 초라함, 울적한 마음 안에 나를 가둬놓고 힘겨워하는 상태를 스스로 즐겨왔던 거였다. 나를 가두어놓고 울도록 내버려 둔 채, 우는 것도 살펴주지 않은 채. 바쁘게 벽을 쌓아 올리는 것을 반복했다.

주위 사람들은 나를 밝고 긍정적인 사람으로 보지만, 슬프고 우울한 마음으로 지낸 시간이 더 길었다. 나를 함부로 대하는 생각을 하고, 냉정하게 비난하는 말을 하며 살았다. 내 안의 차가운 비평가가 부족한 점만 콕콕 집어내고 쉴 새 없이 떠들면 그 말을 멈추게 하는 방법을 몰랐다. 당연하게 받아들였다. 그럴수록 내 안에서 빛이 사라졌다. 사랑과 멀어졌다.

나의 기분을 좋지 않게 만든 사람은 바로 나였다. 나는 자꾸 가라앉는 내 마음을 따뜻하고 다정하게 돌보는 법을 알지 못했다. 다른 사람의 감정 변화는 쉽게 느끼고 위로해 주면서도, 내가 힘들어할 때는 "빨리 극복해, 주저앉지 마, 당장 일어나!!" 하고 닦달했다.

모든 것은 내가 제대로 하지 않기 때문이라고 여겼다. 다른 사람들에게 잘 보이기 위해 더 열심히, 더 잘해야 한다고 나를 내몰았다.

내 감정을 있는 그대로 받아들이지 못했다. 부정적인 감정을 느끼면 안 된다고 억눌렀다. 부정적인 감정이 들면 빨리 없애버리려 했다. 스스로 채찍질하고 학대하며 살아왔다.

나는 나를 있는 그대로 사랑해주는 방법을 몰랐다.

나는 내 안에는 사랑이 없다고 생각했다. 다른 사람의 인정과 칭찬을 받겠다며 애써서 찾아다녔다. 게다가 나를 학대하며 함부로 대하고 내 모습을 싫어하기까지 했다.

나에게 없는 사랑을 내가 아닌 타인에게서 찾으려 했다. 사막에서 오아시스를 찾듯 끝없이 찾아 헤맸다. 누군가가 나를 칭찬하면 그 순간은 목마름이 채워진 것 같았지만, 황폐한 사막과 같은 내 마음에 칭찬은 신기루처럼 나타났다가 금세 사라졌다.

나는 사랑받고 싶어서 바깥에서 헤맸다. 다른 사람으로부터 사랑을 얻고자 끝임없이 찾아갔다. 하지만 그 누구에게서도, 어디에서도, 찾지 못했다.

그건 외부에서 찾을 수 없기 때문이었다. 내가 그토록 찾았던 사랑은 이미 내 안에 존재하고 있었다. 그것을 보지 못하고 밖에서만 찾으려 할 때 나를 제대로 사랑할 수 없었다.

나를 사랑으로 대하는 방법은 알려고만 하면 찾을 수 있었다. 가장 먼저 나를 함부로 대하며 반복했던 생각을 인식하는 것에서부터 시작해야 했다.

나를 사랑하는 일이 왜 이렇게 힘들까? 그건 내 안에 이미 무한한 사랑이 있다는 것을 알지 못했기 때문이었다. 어떤 상황에서든 내 안에 있는 사랑을 선택하겠다고 한 발씩 내디딜 때 조금씩 바뀔 수 있었다. 나는 많은 고전을 읽으면서 사랑을 알게 되었다. 내가 지내온 시간에는 사랑의 부재가 컸다는 것도 깨달았다.

2장

나를 지키는
마음

나는 조건 없이
나를 사랑한다

언제나,

나에게는 다정할 것

•

사랑의 싹도 처음 싹을 냈을 때는
너무나 연약하여 조금만 건드려도
상처를 입게 되며
어느 정도 성장해야만
비로소 강해진다.

레프 톨스토이, 《톨스토이 인생론》

"그럼 앞으로는 당신이 죽 사와요!"

아픈 남편에게 화를 냈다. 물론 알고 있다. 아픈 사람은 잘 쉬게 해주어야 한다는 것을 말이다. 하지만 고마워하지 않는 남편의 태도를 보고 참을 수 없었다. 솔직히 참고 싶지 않았다. 화가 났다는 것을 그에게 정확하게 알려주고 싶었다.

결혼 생활 십 년 동안 한 가지만큼은 지키려고 노력했다. 바로 아이들 앞에서 남편과 싸우는 모습을 보여주지 않겠다는 것이었다. 그래서 아이들이 깨어있을 때 남편과 큰소리로 다투지 않았다. '절대 아이들 앞에서 싸우지 말아야지.'

어린 시절 나는 부모님이 싸울 때 너무 두려웠다. 집 밖으로 뛰쳐나가고 싶었지만 그럴 수 없었다. 그런 내가 무력하다고 느꼈다. 굳이 아이들을 내 어린 시절처럼 떨게 만들고 싶지 않았다.

이건 남편도 마찬가지였다. 우리는 서로 감정 상한 일이 있으면 아이들을 재운 다음 대화를 나누었다. 더 나은 해결책을 찾으려고 했다.

대화할 때는 규칙이 있었다. 과거의 일까지 들추어내서 언급하지 않을 것. 현재 사건에 대해서만 다룰 것. 그 규칙대로 10년을 노력하며 살아왔다.

하지만 그날은 그동안의 원칙을 깨뜨리고 아이들 앞에서 남편에게 화를 터뜨렸다. 당연히 남편 역시 잠자코 있지 않았다. 화는 다른 화를 불러오는 법이니까.

격렬하게 폭발해서 함부로 한 말은 상대방의 마음에 상처를 남긴다. '그냥 내가 참을 걸. 가뜩이나 남편이 아픈데. 왜 그랬을까. 나는 왜 이렇게 부족한 걸까. 이러다 아이들이 상처받으면 어쩌지?' 평소의 나였다면 이런 생각으로 화를 낸 뒤에 나를 공격했을 것이다. 하지만 달라지고 싶었다. 더 이상 내 감정을 억누르면서 남을 위한 채 살고 싶지 않았다.

그저 꾹꾹 참기만 하는 것은 건강한 감정 처리 방법이 아니다. 먼저 내 속이 썩어 들어간다. 이러다가 화병 나는 거 아닐까 싶다. 화는 그냥 둔다고 사라지는 것이 아니다. 참은 화는 이상한 데서 터진다. 참고 참다가 나보다 약한 사람에게 터뜨리기 마련이다. 내 경우에는 그 대상이 주로 아이들이다. 차라리 나를 화나게 한 상대에게 내 감정을 솔직하게 말하는 게 낫다.

하지만 나는 자라면서 제대로 화를 내보지 못했다. 가정에서 연습할 기회가 별로 없었다. 친정엄마가 내 화를 받아준 적이 별로 없었다. 내가 화를 내면 오히려 엄마가 더 화를 냈다. 차라리 화를 내지 않는 게 낫겠다고 생각했다.

꾹꾹 참기만 하며 컸다. 시간이 지날수록 타인에게 난 화도 차라리 억누르는 게 더 편했다. 화를 내는 것보다 숨기는 게 더 쉬웠다.

화가 났을 때 건강하게 표현하지 못하고 그냥 참아왔다. 갈등을 만들지 않는 쪽으로 회피해왔다. 문제를 해결하기 위해 직면하지 않았다.

단순하게 눈에 보이는 평화만 유지했다. 그런 평화는 작은 신호에 언제라도 깨질 수 있는 아주 얇은 얼음판과 같았다. 누군가 살짝만 밟아도 와장창 무너져 내릴 수 있었다.

감정을 제대로 표현하는 법을 모르니 속으로 계속 쌓여갔다. 물이 고이면 썩는 것처럼 감정도 마찬가지다. 화는 누른다고 없어지지 않았다. 이성으로 막는다고 줄어들지 않았다. 꼬인 마음부터 알아주고 풀어주어야 했다.

화난 상황을 무조건 회피할 게 아니라 나와 갈등 상황에 있는 상대방에게 정확하게 원하는 것을 전달해야 했다. 그래야 감정이 자신을 알아준 것을 알고 수그러들 터였다.

이번에 남편에게 화가 난 이유는 남편이 나에게 보낸 카톡 한 줄 때문이었다. '다음부터 목이 아플 때는 건더기가 적은 죽을 부탁해요.' 나는 최대한 건더기가 적은 죽을 사 온 것이었다. 무더운 날에 두 아이를 데리고 날씨보다 더 뜨거운 죽을 가지고 겨우 집에 왔다.

집으로 오는 내내 너무 힘들었다. 하지만 남편은 나에게 애썼다는 말 한마디가 없이 오히려 나를 지적하는 듯한 카톡 한 줄을 보냈을 뿐이다.

남편은 마지막에 부탁한다고 썼지만 듣는 내 입장에서는 절대 부탁하는 말로 들리지 않았다. 다음에는 더 잘하라는 의미로만 보였다. 가만 보면 아주 단순한 문장이었는데, 간단한 카톡 한 줄이 내 감정을 건드렸다.

애쓴 나에게 고마움을 표현하지 않는 남편의 말과 태도에 화가 났다. 그동안 남편에게 서운했던 감정까지 한 번에 폭발했다. "그럼 네가 하든가. 네 몸에 맞는 죽을 네가 사 오면 되잖아. 나한테 말하지 말고." 이 말을 참으면 집안의 평화가 유지됐겠지만, 나는 말하는 것을 선택했다. 내가 남편에게 원하는 행동을 전달하는 형태로 말이다.

다음 날에도 아이들이 놀고 있는 상태에서 남편과 격한 대화를 나누었다. 이제는 갈등 해결을 아이들이 없는 시간으로 미루는 게 아니라 곁에 있을 때 하기로 했다. 부모가 갈등을 건강하게 풀어가는 모습을 보도록 하는 것도 괜찮다고 판단했기 때문이다.

전에는 아이들이 아예 다툼 없이 사는 부모의 모습을 보는 것이 낫다고 생각했다. 하지만 이것은 갈등 상황을 건설적으로 풀어가는 방법을 간접적으로 경험할 기회를 뺏는 것이었다. 직접 보지 못하면 아이들은 결코 배울 수 없다. 사람 사이에서는 서로 감정이 상하는 일이 생길 수 있고, 그것을 어떻게 대화로 풀어야 하는지를 말이다.

사실 그동안 내 마음을 솔직하게 말하지 못한 또 다른 이유는 타인에게 버림받고 싶지 않았기 때문이다. 다른 사람에게 기분 좋은 말을 해야 사랑받으니까 그랬다.

나는 다른 사람들에게는 착한 사람이 되려고 했다. 그렇지만 나 자신에게는 못된 사람으로 살았다. 내 감정을 있는 그대로 인정해주지 않았다.

그런데 나를 사랑하기로 결심하면서 내가 느낀 모든 감정을 존중하기로 했다. 그걸 파악한 다음에는 상대방에게 원하는 것을 명확하게 전달하기로 했다. 그래야 서로가 경계선을 지키며 원하는 것을 제대로 해줄 수 있다. 상대방이 내가 기대하는 것을 해줄 때 그 사람에게 사랑받고 있다고 느낄 수 있다.

나는 남편에게 듣고 싶은 말, 남편이 나에게 해줘야 할 행동을 명확하게 전달하기로 했다. 내가 인정받지 못할 때 화가 난다는 걸 말해줬다. 말로 하기 어려운 건 글로 써서 읽는 것으로 하기로 했다.

아이들에게도 마찬가지다. 아이들 역시 엄마가 언제 화가 나는지 정확한 경계선을 알아야 한다. 그래야 앞으로 무엇을 조심해야 하는지를 배운다. 그럴 때 나에게 좋은 사람이 될 수 있다.

나는 격해진 감정을 억누르면서 남에게는 착하지만 나에게는 못된 사람으로 살았다. 하지만 이제는 나 자신에게 좋은 사람이 되려고 노력한다. 먼저 상한 내 감정부터 알아주려고 한다. 그렇게 나를 존중해 준다. 채워지지 않은 마음의 소리를 가만히 들어준다.

무엇 때문에 화가 났는지 나부터 알아준다. 그리고 상대에게 요구해야 할 것이 있다면 정확하게 말이나 글로 전달한다. 이때 상대방의 행동을 비판하고 비난하지 않는다. 그가 어떻게 해줬을 때 내가 편안하고 사랑받는 기분을 느끼는지에 대해서만 전한다.

내 마음을 더 잘 알기 위해 글로 써보는 것도 유익하다. 그러다 보면 내가 진짜 원하는 것, 바라는 것을 정확히 알 수 있다. 내 감정을 존중하고 건강하게 표현하며 살 수 있다. 남에게만 좋고 착한 사람이 아니라 비로소 나에게 진짜 좋은 사람이 된다. 이제는 먼저 나에게 좋은 사람으로 산다. 나에게 말해준다.

"그동안 미안해, 이제 나부터 챙길게."

때로는 No라고
말할 것

•

누구의 소유물이 되기에는,
누구의 제 2인자가 되기에는,
또 세계의 어느 왕국의 쓸 만한
하인이나 도구가 되기에는
나는 너무나도 귀하게 태어났다.

셰익스피어, 《존 왕》

나는 나를 고귀하게 여기지 않았다. 남의 일에는 발 벗고 도와주려고 하면서, 나를 챙기는 일에는 소홀했다. 다른 사람에게 맞춰주는 것이 편했다. 누군가에게 도움이 되는 사람으로 사는 게 중요했다.

세상에서 가장 어려운 건 부탁을 거절하는 거였다. 마음에서는 '이건 안 하고 싶은데' 했지만, 입에서는 "그럼요, 도와드릴게요"라고 말하고 있었다. 타인의 부탁하는 말을 듣고 아니라고 표현하는 멈춤 장치는 나에게 존재하지 않는 것 같았다.

"도와주지 못해서 미안해요." 타인에게 결코 이 말을 하고 싶지 않았다. 상대방이 내 도움이 필요하다고 말하는데, 어떻게 못 하겠다고 하겠는가.

없는 시간을 어떻게든 만들어 도와주고 싶었다. 그래서 과하게 내 시간을 써가면서 도움을 주려고 노력했다. 거절하는 말은 차갑고 냉정하게 들린다. 그런 말을 들으면 나는 내 존재까지 거절당하는 기분이 든다. 누군가에게 버림받는 게 가장 두려워서 '예스'만을 말하는 어른이 되어버렸다.

"혹시 지금 시간 괜찮아? 나 좀 도와줄 수 있어?"

"어. 잠깐만."

"너 지금 중요한 일 하고 있던 거 아니야?"

"아냐, 그건 이따가 해도 돼. 지금 네가 더 중요하지. 나랑 같이 하자."

일하다가 다른 사람이 나를 찾아오면 하던 일을 멈추었다. 상대방을 위하는 마음으로 그가 부탁한 일을 먼저 도와주었다. 온 마음과 정성을 다했다. 나보다 그 사람이 중요하다는 것을 내 시간을 쓰는 걸로 표현했다.

도와주고 나면 뿌듯했다. 누군가에게 필요한 사람이 된다는 게 기쁜 일이구나 싶었다. 내 일이 해결하지 못한 과제로 남아있는 건 중요하지 않았다. '잘 도와주는 사람'이 되었다는 사실이 좋았다.

나는 나를 위해 재능을 쓰지 않았다. 그들의 노예라고까지 볼 수는 없지만, 타인의 부탁에 쩔쩔매고 있었다. 시간이 쌓일수록 상대방들은 내가 도와주는 것을 너무나 당연하게 생각했다. 나를 언제든 자신을 위해 대기하고 있는 사람으로 여기는 듯했다. 어떤 이들은 힘들 때만 나를 찾아왔다. 내가 들어주는 게 당연한 듯이 행동했다.

내 곁에서 가장 오래 그랬던 사람은 바로 우리 엄마였다. 엄마는 나에게 상처받은 이야기를 많이 했다. 내가 어릴 때부터 그랬다. 나는 '임금님 귀는 당나귀 귀'에 나오는 사람이었다. 엄마에게는 남에게 하지 못하는 이야기를 털어놔도 되는 가장 안전한 곳, 어디 가서 흠을 들추어 낼 일 없어서 마음껏 털어놔도 되는 사람이 나였다.

엄마와 그런 관계가 당연하다고 생각했다. 힘들어하는 엄마의 이야기는 무조건 들어줘야 한다고 여겼다. 내가 없으면 우리 엄마는 어떡할까를 걱정하는 지경에 이르렀다. 나는 언제라도 엄마의 이야기를 들어줘야 하는 사람으로 살아왔다.

사회생활을 하면서 엄마의 자리를 대체하는 사람들이 나타났다. 주로 자기 신세한탄을 하는 사람들이었다. 그들에게 엄마에게 했던 것처럼 대해주었다. 긴 시간을 내어서 이야기를 들어주었다.

퇴근하고 밤늦은 시각까지 들어준 적도 있었다. 귀한 금요일 밤을 타인의 이야기에 귀 기울이며 불태우기도 했다. 그러다 보니 내 시간을 쉽게 자신의 신세한탄을 할 때 쓰면 되겠다고 여기는 이들이 생겼다.

내가 그저 들어주는 사람이 되자 내 사정은 고려하지 않은 채 자기 요구만 들어달라는 이들도 생겼다. 내가 자신의 요구를 들어주면 행복해질 거라고 당당하게 말했다. 당장 내가 도와줄 수 있는지 없는지도 확인하지 않고 말이다. 요구하는 사람들은 자신들 기분이 좋아지는 게 먼저였다. 그런 대우를 받다보면 나를 함부로 대한다고 느꼈다.

내 시간 도둑들은 어쩌다 내가 힘든 것을 털어놓으면 그 말은 무시했다. 그보다 힘든 자신들의 상황을 말하기에 바빴다. 나는 존중받고 있다고 느끼지 못했다. 그래도 시간을 내서 누군가에게 도움이 되는 사람으로 살아도 괜찮다는 듯이 행동했다. 누군가가 내 곁에 없는 것을 견디기 힘들었기 때문이다.

나는 고독을 즐기지 못했다. 그래서 결국 내가 먼저 그들을 찾아갔다. 하지만 더 이상 이렇게 살 수는 없겠다고 판단했다. 변해야 했다. 누군가의 부탁을 거절하면 안 될 것 같아서 자꾸 들어주다 보면 결국 나를 위해서 쓸 수 있는 시간이 줄었다. 정작 나를 챙기지 못했다. 그건 나를 건강하게 사랑하는 방법이 아니었다.

"타인에게 돈을 나눠주지는 않지만, 개인의 시간과 삶을 할애한다. 차라리 인색한 것이 더 유익하며 칭찬받을 만하지만 우리는 대개 이런 일에 가장 낭비를 많이 한다." 몽테뉴가 지적한 모습이 바로 나였다.

나는 남들과 돈 거래를 하지 않았다. 큰돈을 빌려준 일도 없었다. 하지만 돈보다 더 귀한 내 시간을 타인에게 주느라고 매여 있었다. 그런 모습을 정확하게 표현한 글이었다. 나는 바뀌어야 했다. 그래야 나를 지켜줄 수 있었다.

나는 누군가의 마음에 들려고 애쓰며 밖으로 돌렸던 시선을 거둬들였다. 부탁은 들어보고 거절할지 선택할 수 있다. 무조건 "예스"라고 말하지 않는다. 지금 내가 도와줄 수 있는 상황인지 먼저 판단한다. 우선 할 일이 있으면 더 중요한 일부터 처리한다. 그다음에 타인을 도와줘도 괜찮다. 내 인생의 소중한 시간을 먼저 나를 위해 쓴다. 타인의 부탁을 들으면 잠깐 멈춰 생각하는 것부터 연습한다. 부탁을 듣고 곧바로 대답하지 않는 내면의 멈춤 장치를 깨운다. 그 것이 나를 사랑하고 내 시간을 소중히 여기며 지켜주는 일 이다. 남의 부탁을 거절하면 안 될 것 같아서, 인정받고 싶 어서, 나를 살피지 않은 채 내 시간을 타인에게 맞춰서 쓰 는 행동과는 이별했다.

"당신의 부탁을 받아들이기 전에 나부터 챙기겠습니다."

불완전한 존재임을

기억할 것

•

한 가지 일을 경험하지 않으면
한 가지 지혜를 펼치지 못한다.

범립본,《명심보감》

존경하던 교수님이 있었다. 아무 때나 편안하게 소식을 전할 수 있는 분이 아니었다. 용기를 내서 문자를 보냈다. "전해드리고 싶은 소식이 있어서요. 언제 통화하기 괜찮으신가요?" 내가 쓴 첫 책《하루 15분, 내 아이 행복한 홈스쿨링》에 사인해서 선물로 드리고 싶었기 때문이다.

놀랍게도 교수님이 먼저 전화를 주셨다. 나는 아주 조심스럽게 책이 출간되었다는 소식을 알렸다. 교수님은 이야기를 들으시고는 말씀하셨다. "어떻게 육아 휴직 중에 책을 썼어? 두 아이 키우느라 많이 힘들었을 텐데. 작가한테 가장 좋은 건 누군가 책을 사주는 거지. 내가 직접 사서 볼게."

교수님과 짧은 전화 통화를 나눴다. 육아하며 힘들었던 상황, 없는 시간을 쪼개서 글을 쓴 형편을 다 설명할 수 없었다. 그런데 내가 굉장히 애썼다는 것을 알아주시는 진심이 전해졌다. 가만히 듣고 있는데 울컥했다. 떨어지려는 눈물을 꾹 참고 감사하다며 전화를 끊었다.

다음 날은 친하게 지냈던 친구와 통화했다. 친구도 그 교수님을 알고 있었다. 그래서 내가 용기 내서 연락드린 사실을 알려주었다. 그걸 들은 친구가 말했다.

"너무 바쁘신 분인데, 네 책을 살 시간이나 있으시겠냐?"

전혀 예상하지 못한 반응이었다. 그동안 친구와 마음이 잘 통한다고 여겼던 터라, 대체 이 반응은 뭐지 싶었다. 친구가 내뱉은 말이 계속 맴돌아 대화에 집중할 수 없었다.

교수님과 통화하면서 받은 감동이 한순간에 증발했다. 친구의 말에 한 방 맞은 기분이었다. 그게 끝이 아니었다. 다음에 건넨 친구의 한마디에 내 유리 멘탈은 와장창 산산조각이 나버렸다.

"나 바빠서 네 책 읽을 시간 없어. 읽으라고 강요하지 마!"

"지금 읽지 않아도 돼. 여유 있을 때 보면 되지."

나는 애써 웃으면서 답했다. 그 뒤로 짧은 통화 후 전화를 끊었다. 온몸에 힘이 풀렸다. 얼른 두 아이를 씻기고 자리에 누웠다. 나는 친구의 말을 자꾸 곱씹고 또 곱씹었다.

머리로는 알고 있었다. 그런 말을 담아둬야 나에게 하나도 도움이 되지 않는다는 것을 말이다. 훌훌 털고 흘려보냈어야 했지만, 생각처럼 되지 않았다. 밤새 잠을 이룰 수가 없었다. 내가 정말로 믿은 친구였다. 마음 한쪽이 시퍼렇게 멍이 들었다.

남편과 부모님을 제외하면 내가 책을 썼다는 사실을 유일하게 전한 사람이었다. 출판사와 계약하고 너무 기뻐서 친구에게 솔직하게 털어놨을 때, 친구가 해준 말이 있었다.

"진짜 축하해. 너무 잘 됐다. 너도 알지? 남 잘되는 거 축하해주는 사이가 진짜라는 거." 친구에게 다음에 책이 나오는 대로 꼭 연락하겠다며 전화를 끊었다.

그런데 그때와는 다른 친구의 태도에 당황스러웠다. 나는 전에 친구가 축하한다며 내게 해준 말을 똑똑히 기억하고 있었다. 책이 출간되면 누구보다 기뻐해줄 거라고 기대했다. 하지만 남보다 못한 말을 나에게 했다.

첫 책이 나왔을 때, 어려운 가운데 책을 썼다는 성취감보다는 다른 사람들에게 어떤 평가를 들을지 몰라서 마음을 졸였다. 타인의 작은 반응에도 예민했다. 그랬던지라 누구보다 칭찬하고 축하해줄 거라고 믿었던 친구의 반응은 강력한 펀치가 되어 돌아왔다. 책을 출간하면 마냥 기쁘기만 할 줄 알았는데 아니었다.

그날 이후로 친구에게 연락하지 않았다. 친구도 마찬가지로 나를 찾지 않았다. 쌓였던 우리 관계가 와르르 무너졌다. 그동안 친구와 서로 마음이 잘 통한다고 느꼈다. 나는 대전에서 광주로 이사 온 뒤에 휴직해서 아이만 키웠던 터라, 주변에 아는 이가 별로 없었다. 그래서 속마음을 말할 수 있는 친구가 나에게는 더없이 귀했다. 그 친구가 앞으로 나와 같이 갈 인연이 아니라는 것을 받아들이기까지 긴 시간이 걸렸다.

시간이 흘러 복직한 후에도 내가 책을 쓴 것과 관련해 상처가 될 만한 말을 들었다. 나는 3년 8개월 만에 복직했다. 내가 책을 썼다는 사실이 직장 동료들에게 퍼졌다. 그들 중에서 휴직 전부터 알고 지냈던 한 사람이 물어왔다.

"휴직해서 왜 책을 썼어?"

"두 아이를 집에서 키우면서 너무 우울하고 힘들어서요. 살고 싶어서요."

그러자 그가 한 말은 내 멘탈을 흔들었다.

"그렇게 힘들었으면 복직을 했어야지."

"하하하, 그러게요."

그 자리에서는 그냥 웃어넘겼다. 내가 육아로 극도로 우울한 상황에서 어떤 절박한 마음으로 책을 썼는지 그는 전혀 알지 못했다. 그는 결코 내가 책을 쓴 의미를 이해하지 못했다. 자기 기준 안에서 어떤 행동이 더 나았겠다고 조언했다. 내가 내린 결정을 존중하지 않았다.

그의 말을 듣고 나서 잠깐 흔들렸지만, 전처럼 크게 상처를 받지 않았다. 속으로 당당하게 말해주었다. '그래서 어쩌라고. 너나 잘하세요. 나는 내가 알아서 할 테니까.'

복직하는 게 더 좋았을 거라는 그의 말은 틀렸다. 왜냐하면 3년 8개월이란 휴직 기간에 내 인생은 송두리째 바뀌었기 때문이었다. 제2의 인생이 시작되었다고 말할 정도로.

휴직하는 동안 나는 둘째 아이가 36개월이 될 때까지 내 손으로 키울 수 있었을 뿐만 아니라, 책을 네 권이나 썼다. 그 결과 상상하지 못했던 다양한 경험을 할 수 있었다.

감사하게도 서로를 응원해주는 새로운 인연까지 생겼다. 인생이 전보다 풍부해졌다. 타인의 말에 흔들리며 깨지던 나의 유리 멘탈도 차츰 두꺼워지고 있었다.

어느 누구도 나에게 상처를 입힐 수 없다. 내 멘탈을 깨부

수는 한마디를 들었을지라도 그 파편이 나를 해칠 수 없다. 내가 그 사람의 말이 옳다고 받아들일 때 상처받는 것이다. 내 멘탈을 깨부술 말을 듣더라도 내 삶의 의미를 잘 이해하지 못하는 타인의 말에 끝없이 휘둘릴지, 아닐지를 스스로 결정할 수 있다.

우리는 모두 불완전한 존재이다. 각자의 생각을 말할 수는 있지만, 그것이 정답이라고 결론 내릴 수 없다. 한 사람의 판단이 내 인생의 정답은 아니다. 그저 하나의 의견일 따름이다. 내가 다른 사람의 말을 정답이라며 받아들이고 나에게 상처를 줄지, 흘려들으며 내 갈 길을 갈지는 내 몫이다. 우리에게는 타인의 이야기를 듣고 난 뒤에 그것이 나에게 도움이 되는 이야기인지 아닌지를 걸러서 들을 수 있는 나만의 보호 장치가 필요하다. 날마다 타인의 말을 그대로 받아들이지 않는 필터링 능력을 키워나갈 수 있다. 그러면 내 멘탈을 깨부수려고 하는 사람들의 말에 휘둘리지 않는다. 혹시라도 멘탈을 부수려는 사람을 만난다면, 나를 지킬 수 있도록 관계를 끝내는 용기가 필요하다.

"내 멘탈을 깨부수는 당신과는 손절하겠습니다."

너무

애쓰지 말 것

•

자신을 아는 사람은
어떤 것이 자신에게 적절한지 알고,
자신이 할 수 있는 것과
할 수 없는 것을 구별하네.

크세노폰, 《소크라테스 회상록》

"인사할 때는 성의 없이 하면 안 돼. 밝고 정확하게. 상대방이 알아들을 수 있게 해야 하는 거야."

부모님은 내가 어릴 때부터 인사하는 법을 아주 중요하게 가르치셨다. 엄마는 동생과 내가 주변 어른들께 제대로 인사하지 않으면 호되게 혼내셨다.

어떤 날은 과하다 싶게 화를 내시기도 했다. 인사 안 한 게 그렇게 심하게 혼날 정도로 잘못한 건가 싶을 정도로.

어린 시절, 부모님이 하신 말은 묻지도 따지지도 않고 무조건 따라야 하는 진리이자 강력한 규칙이었다. 부모님이 중요하게 하는 말은 무조건 지켜야 하고, 그렇지 않으면 혼나는 것을 당연하게 받아들이며 자랐다.

어느새 누구를 보든 제대로 인사를 하는 습관이 몸에 배었다. 누군가에게 인사하지 않으면 크게 잘못한 것 같은 생각까지 들 정도였다.

하지만 이런 내 원칙을 흔드는 사람이 나타났다. 나는 그 사람에게 인사를 하기 전에 백만 번은 고심하는 지경에 이르렀다. '오늘은 인사를 할까, 하지 말까.' 그 사람에게 가까이 갈 때까지 고민에 고민을 거듭했다.

결국에는 '그래, 안 하는 것보다는 하는 게 낫지. 인사도 안 하는 사람이라며 욕먹기는 싫으니까'라고 생각하며 인사를 했다.

"안녕하세요." 나는 억지로 밝은 표정을 지으며 그 사람에게 인사했다. 그날도 그의 반응은 한결같았다. 내 인사를 받지 않았다. 아무 말도 하지 않고 내 곁을 지나갔다. 철저하게 나를 없는 사람처럼 무시했다.

이번에는 좀 다를까 하는 기대로 인사했지만, 역시나 내 예감은 틀렸다. 순간 투명인간이 된 기분이었다. 내가 도대체 무엇을 잘못해서 그러는지 몰라 답답했다. 차라리 내가 고쳐야 할 게 뭔지 정확하게 알려주면 좋으련만.

"왜 제 인사를 안 받으세요?"라고 그 사람에게 도저히 물어볼 수 없었다. 차마 용기가 나지 않았다. 그런 질문을 하면 내가 너무 속이 좁은 사람, 예민한 사람으로 보일 것 같았다.

나는 다른 사람의 눈에 좋은 사람, 예의 바른 사람으로 평가받고 싶었다. 내 주변 모든 사람에게 칭찬받고 싶었다. 나를 대놓고 무시하는 존재를 받아들이는 건 너무나 힘든 일이었다.

시간이 갈수록 그 사람이 눈에 보이면 나도 모르게 움찔했다. 대체 언제까지 그런 상황을 반복해야 하는 걸까. 그동안 같은 사람에게 반복적으로 외면당해본 적이 없었다. 그래서 그 사람 앞에서 당당해지기보다는 자꾸만 작아졌다. 부족한 사람, 행동을 잘못하고 있는 사람이라는 마음이 들었다. 그 사람은 갑, 나는 을이 된 것 같았다.

그맘때 의지하던 언니가 있었다. 나는 언니에게 상황을 털어놓고 조언을 구했다. 그 사람이 내 인사를 받지 않고 무시하는 게 너무 힘들다고 했다.

언니는 그 사람을 사랑하게 해달라고 기도하면 지혜가 생길 거라고 했다. 그 사람이 지금 내 삶에 나타난 이유가 있을 거라며, 할 수 있는 노력을 한 뒤에 그 행동을 계속할지 말지 정해보라고 했다.

나는 언니의 조언을 듣고 그 사람을 이해하고 사랑하는 마음을 달라고 기도했다. 신기하게 내가 할 수 있는 방법이 떠올랐다. 바로 그 사람이 내 옆에 지나갈 때 그의 팔을 잡아서 내 얼굴을 보게 한 다음에 인사하는 방법이었다. 머릿속으로 시뮬레이션했다. 어떻게 행동할지 연극하는 것처럼 계속 연습했다.

드디어 그 사람을 만나는 날이 왔다. 그 순간이 오기까지 수도 없이 반복해서 예행 연습을 했다. 아무렇지도 않고 당당하게 그 사람의 팔을 잡고 눈을 보고 인사하는 것을 이미지로 그려냈다.

막상 그가 맞은편에 보이자 심장이 두근거렸지만, 깊게 심호흡했다. 그에게 다가가서 팔을 잡았다. 그러자 그가 내 얼굴을 바라보았다. 나는 그에게 인사를 했다. "안녕하세요." 그의 눈빛이 흔들렸다. 당황하는 얼굴이었다. "어..." 하더니 다른 말이 없이 고개를 돌렸다. 비로소 알게 되었다. 그 사람은 얼굴을 보고 인사를 해도 받을 줄 모른다는 것을 말이다. 그렇지만 내가 할 수 있는 건 한다는 생각으로 6개월 동안 그 사람의 팔을 잡고 인사했다.

하지만 그는 끝까지 내 인사를 받지 않았다. 나는 그 사람에게는 애써서 인사하는 것을 그만해도 된다는 마음이 들었다. 충분히 할 수 있는 만큼 했다고 결론 내렸다.

나는 그 경험으로 배울 수 있었다. 내가 할 수 있는 것과 할 수 없는 것을 구별하고, 거기에서 할 수 있는 것에 집중하는 것이 좋다는 것을 말이다. 나는 그 사람이 인사할 수 있는 상황은 만들 수 있었다. 하지만 그 사람이 인사를 할지 안 할지는 내가 통제할 수 없었다.

내가 노력해도 그의 태도를 바꿀 수 없었다. 노력한다고 해서 나를 싫어하는 마음이 바뀌는 것이 아니었다. 그와 잘 지내려고 애쓸수록 나 자신만 더 힘들어질 따름이었다.

나는 나를 싫어하는 사람과 잘 지내려는 노력을 멈추었다. 그에게 잘 보이기 위해서 고개 숙이는 것을 그만두었다. 더 이상 그에게 다가가 인사하지 않았다.

내 인사를 잘 받아주고 나를 좋아해 주는 분들에게 더 마음을 쓰는 것으로 바꿨다. 내 주변에는 나를 좋아해 주는 사람들이 있는데, 나를 무시하는 사람에게 마음을 쓰느라고 보지 못했다.

우리에게는 선택할 수 있는 힘이 있다. 내 존엄성을 지키면서 행동할 수 있는 자유가 있다. 나를 싫어하는 사람과 잘 지내기 위해서 그 사람에게 맞춰서 살 것인지, 아니면 나를 좋아해 주는 사람들에게 집중하며 살 것인지를 정할 수 있다.

이제 나는 나를 싫어하는 사람과 잘 지내려고 애쓰지 않는다. 그의 마음을 바꾸려는 노력도 하지 않는다. 나를 무시하는 사람에게로 돌렸던 시선도 거둔다. 나 자신을 돌보면서 내가 어떤 사람이 될지에 집중한다.

내 존엄성은 내가 지키는 것이다. 지금은 나를 좋아해 주는 사람들과 좋은 관계를 유지하기 위해 시간과 돈을 쓴다. 그러기에도 인생이 짧다. 나 자신에게 정확하게 말해준다.

"나를 싫어하는 사람아, 이젠 안녕."

일단 내 감정부터

챙길 것

•

두뇌 능력에는 세 종류가 있는데,
첫째는 자기 스스로 이해하는 것이고,
둘째는 다른 사람들이 이해한 바를 파악하는 것이며,
셋째는 자신이나 다른 사람들을 통해서
이해하지 못하는 것입니다.
첫째 경우가 가장 탁월하고,
둘째 역시 탁월하지만
셋째는 무익합니다.

니콜로 마키아벨리, 《군주론》

"외로워도 슬퍼도 나는 안 울어. 참고 참고 또 참지, 울긴 왜 울어."

나는 〈캔디 캔디〉 만화를 많이 좋아했다. 주인공 캔디는 밝고 명랑하다. 나도 캔디 같은 사람이 되고 싶었다. 힘들고, 버림받고, 외로워도 울지 않고 참을 줄 아는 사람. 아무리 어려운 현실에서도 웃으며 긍정적인 태도로 사는 사람이 되면 좋겠다고 생각했다.

대학교 1학년 때 만났던 미국인 교수는 현실판 캔디 같은 분이셨다. 그분은 언제나 아주 환하게 웃으며 인사해 주셨다. 그런 밝은 웃음은 태어나서 처음 봤다.

그동안 내가 봐온 사람들과 격이 다른 표정이었다. 구김살 없는 얼굴이라는 말이 딱 와 닿았다. 저렇게 웃으면 나도 참 행복하고 사랑스럽게 보일 수 있겠다고 느꼈다. 그분처럼 나이 들고 싶었다.

'그래, 저 웃음이야! 나도 따라 해봐야겠어.' 나는 다짐했다. 그때부터 그분의 표정을 따라서 웃는 연습을 했다. 그러자 신기한 변화가 일어났다. 내 얼굴에서 어두침침했던 표정이 사라지고, 환한 빛이 드러났다. 태어나서 처음으로

"에스더는 웃는 모습이 참 예쁘다"는 칭찬을 듣게 되었다. 내가 웃는 게 예쁘다니. 믿을 수 없었다. 그래도 싫지 않았다. 계속 칭찬받고 싶었다. 내가 환한 표정일수록 사람들이 나를 더 좋아하는 것 같았다. 나는 전과 다르게 잘 웃는 사람이 되었다. 내가 바랐던 캔디가 된 것 같았다.

학창 시절에는 다른 사람과 있을 때 웃지 않아도 크게 문제라고 생각하지 않았다. 환하게 웃은 기억이 별로 없다. 하지만 웃는 것을 연습하면서부터 그 모습을 보여주지 않으면 불안했다. 내가 웃고 있지 않을 때면 생각했다. '사람들이 나를 싫어하면 어쩌지?' 새로운 걱정거리가 생겼다.

나는 점차 감정을 이분법으로 나눠서 판단했다. 기쁨, 행복, 감사는 좋은 감정이었다. 슬픔, 괴로움, 화는 나쁜 감정이라 여겼다. 미소를 연습하면서부터는 타인에게 밝은 표정만 보여줘야 한다는 강박까지 생겼다.

우는 모습은 보여주지 않았다. 그러면 다른 사람들이 나를 안 좋아할 것 같았다. 무표정은 화난 것처럼 보인다고 생각해서 다른 사람들과 있을 때는 가능하면 웃는 모습을 유지

했다.

어떤 상황이든 최대한 긍정적으로 상황을 해석하며, 감사를 잃지 않는 말을 하려고 애썼다. 그러자 "에스더는 긍정적이야"라는 평가까지 받게 되었다. 다른 사람에게 칭찬받는 모습을 유지하고 싶었다.

차츰 절망스러운 표정, 고통스러운 표정 등은 감추며 살았다. 문득 외롭고 낙심이 될 때 누군가에게 쉽게 말하지 못했다. 그저 다른 사람 이야기를 잘 들어주며, 그들 감정만 챙겨주는 데 힘을 쏟았다.

여기에는 어린 시절 엄마의 가르침도 한몫했다. 엄마는 나에게 밖에서 다른 사람들과 있을 때 자신의 감정을 솔직하게 드러내면 좋지 않다고 가르치셨다.

그러면 사람들이 우습게 알 거라고 했다. 외부에서 자신의 감정을 편안하게 보여줄 수 없다면 가정에서라도 표현할 수 있었으면 좋았으련만. 그러지 못했다.

나는 타인의 감정부터 챙기느라 내 마음은 살펴주지 않았다. 내 감정은 마음 깊은 곳에 꼭꼭 넣어두고 밖으로 꺼내지 않았다. 매사에 긍정적이고 좋은 모습만 보여주려고 했다. 마음이 점점 곪아갔다.

밖에서는 좋은 모습으로 보이고, 안에서는 친정엄마나 지인들의 힘든 부분을 받아주려고 했다. 내가 느끼는 다양한 감정들은 덮어두고, 힘이 들 땐 참고 견디려고만 했다.

이런 습관은 결혼해서도 마찬가지였다. 나는 힘들 때 남편에게 솔직하게 털어놓지 못했다. 남편은 스트레스를 많이 받는 일을 하고 있었다. 내 일보다 남편 일이 더 힘들 것 같았다. 그래서 남편이 집에 왔을 때 나까지 힘들어하는 모습을 보이면 안 된다고 생각했다.

육아로 아무리 우울하고 지칠지라도, 참고 밝게 이겨나가는 모습만 보여주고 싶었다. 반면 남편이 힘들어할 때는 그의 이야기를 밤늦게까지 들어주고 공감해주려고 애썼다.

울고 싶어도 울지 않고, 참기만 하며 내 감정을 억누르는 건 결코 좋은 방법은 아니었다. 나를 챙기지 못한 채 남만 챙기다 보면, 언젠가는 한 번에 터져버린다.

나는 마음을 꼭꼭 숨기기만 하다가 둘째 아이를 낳고 마음이 지하 100층에 내려갔다. 둘째 아이가 4개월 정도 될 때까지 우울한 마음이 수시로 덮쳐와 견딜 수가 없었다.

당시 다섯 살이던 첫째 아이까지 가정에서 보육하며 점점 지쳤다. 두 아이가 있어 기쁘고 감사하다는 생각보다는 우울하고 힘들다는 마음뿐이었다. 당시 상황에 감사하지 못하는 내 모습이 마음에 들지 않았다.

설상가상으로 내가 느끼는 부정적인 감정이 아이들에게 안 좋은 영향을 줄 것 같았다. 더는 그렇게 살 수 없다고 판단했다. 그때부터 남편에게 부탁해서 토요일 오전마다 혼자 밖에 나가서 자유로운 시간을 보냈다.

토요일은 내 감정부터 챙기면서 나를 소박하게 지켜 주었다. 좋아하는 카페에 가서 샌드위치와 차를 마시며 다이어리에 마음을 차곡차곡 기록해나갔다. 한 주 동안 내가 무엇 때문에 힘들었는지를 찬찬히 살펴봤다.

비로소 내 감정을 차분하게 바라보게 되었다. 그리고 남편을 잘못 생각하고 있다는 것을 깨달았다. 그는 내가 힘든 이야기를 하면 충분히 받아줄 수 있는 사람이었다. 남편이 나에게 실망할까 봐 두려워서 내 얘기를 꺼내지 못한 거였다.

나를 돌보기 전에 다른 사람만 챙기다 보면 지칠 수밖에 없다. 그러면 가장 중요한 나를 살펴줄 여유가 없다. 내 감정부터 돌아보는 게 먼저였다. 그래야 다른 사람의 마음도 더 잘 이해하며 받아들일 수 있었다. 남편을 비롯해 내가 소중하게 생각하는 사람들만 챙기느라고 나를 내버려 두면 안 되는 거였다.

나는 두려웠다. 다른 사람에게 칭찬받고 인정받지 못하는 것을 말이다. 하지만 깊게 들어가 보면 두려워하며 나에게서 도망치고 있었던 것이다.

나는 감정을 흑백으로 나누어서 판단했다. 타인에게 좋은 것만 보여줘야 한다고 생각해서 부정적이라 느끼는 감정은 억눌렀다. 사람들이 나의 안 좋은 면을 보고 실망해서 떠날까 봐 나로부터 도망친 거였다.

이제 나는 내 감정부터 챙기는 연습을 한다. 어떤 감정이든 내가 느낀 거라면 맞다. 좋다, 나쁘다는 이분법으로 나눠서 볼 일이 아니었다.

내가 느낀 모든 감정을 있는 그대로 받아들이면 되었다. 내 감정의 소리에 가만히 귀를 기울이자, 진짜 변화가 일어났다. 두려움에서 나를 있는 그대로 이해하고 사랑하는 마음으로 바뀌었다.

지금은 나를 비롯해서 내가 사랑하는 사람들의 감정도 있는 그대로 안아주려고 한다. 아침에 눈을 떴을 때, 나 자신에게 이렇게 말해준다.

"오늘도 내 감정부터 챙기자."

감정의 쓰레기통이

되지 말 것

•

배란 녀석은 내가 지금 이렇게 마음이 슬픈 것처럼
사람들이 몹시 지쳐 있고 마음이 슬플 때도
자기만 생각해달라고 명령하고 강요하지요.
배란 녀석은 나더러 먹고 마시라고 재촉하고
내가 겪은 모든 것을 잊게 하며
자기만 채워달라고 다그칩니다.

호메로스, 《오디세우스》

"나 지금 좀 한가한데, 같이 카페 갈까?"

지인에게 문자가 왔다. 나는 잠깐 고민했다. 왜냐하면 그와 차를 마시고 싶지 않았기 때문이다. 나를 만나서 어떤 이야기를 할지 그려졌다.

그동안 그의 대화 소재는 비슷했다. 그는 자신과 생각이 맞지 않는 사람, 자신에게 상처를 준 사람에 대한 뒷담화를 즐겼다. 대체로 힘들었던 부분, 속상했던 일들을 주로 말했다. 그러면 나는 그 말에 공감하며 위로해줬다.

그 장면을 상상하니 갑자기 피곤했다. 그날은 컨디션도 좋지 않았다. 별로 없는 에너지를 끌어올려서 그를 만나고 싶지 않았다. 용기를 내서 거절했다. "미안. 내가 지금 몸이 좀 안 좋아서. 다음에 마시자."

나에게는 아주 큰 변화였다. 그동안 몸이 아무리 힘들어도 다른 사람이 나를 찾으면 지체 없이 나갔다. 없는 에너지를 끌어 모아서라도 만났다.

지인들을 만나서 돈과 시간을 쓰며 이야기를 들어주었다. 당신 말이 옳다며 그들이 언급한 사람을 같이 욕하고 격하게 공감해 주었다. 나는 당신 편이니까. 그 사람들과 다른 사람인 것처럼 행동했다. 나는 그에게 상처 주지 않는, 꼭 필요한 사람의 모습을 보이고 싶었다.

하지만 사람들은 누군가를 욕할 때만 나를 찾을 따름이었다. 나를 그런 대화를 해도 괜찮은 사람으로 여기도록 만들었다. 스스로 사람들의 감정 쓰레기통이 되어서 살았다. 누가 시킨 게 아니었다. 아주 어릴 때부터 유지한 습관이었다.

결혼 전이 가장 심했다. 결혼 전에는 다이어리에 빼곡하게 일정을 적었다. 퇴근 후에 사람들을 만날 약속을 끝도 없이 잡았다.

"나 우울해. 나랑 같이 밥 먹자." "나 지금 힘들어. 나 좀 위로해줘." 친구가 힘들다며 연락해온 날엔 당장 그날 저녁에 만났다. 바로 시간을 내주었다. "오늘 관리자 때문에 힘들었지? 저녁에 맛있는 거 사 먹자. 먹고 훌훌 털어버려. 내가 밥 살게." 직장 동료가 겪은 일로 속상해할 때는 먼저 식사를 제안했다. 그들을 위로한다면서 밥이나 후식을 사줬다. 내 제안을 거절하지 않으면 좋았다.

아무도 만나지 않는 날은 허전해서 견디기 힘들었다. 여유 시간이 생기면 외로웠다. 혼자 있고 싶지 않았다. 딱히 약

속이 없는 날은 야근으로 불태웠다. 다이어리의 빈 공간은 보고 싶지 않았다. 일하거나 타인을 만나며 저녁 시간을 다 채웠다.

누군가가 만나자는 연락이 없으면, 먼저 친구에게 문자를 보냈다. 직장 동료가 오늘 너무 힘들었겠다고 여겨지면, 내가 같이 밥을 먹자고 제안했다. 그렇게 돈과 시간을 쓰면 뿌듯했다. 누군가에게 없어서는 안 될 존재이자, 특별한 사람이 된 것 같았다.

하지만 아이러니하게도 나 자신이 힘들 때는 다른 사람에게 연락하지 못했다. 그런 날에는 오히려 홀로 시간을 보냈다. 나는 인간관계를 맺을 때 서로 힘든 것을 나누기보다는 타인의 감정 쓰레기통으로 사는 것을 더 편안하게 느꼈다. 그래야 존재를 인정받는 기분이 들었다.

오비디우스가 쓴 《변신 이야기》에는 신에게 황금 손을 달라고 요청한 미다스 왕이 나온다. 그는 눈에 보이는 음식을 죄다 황금으로 만든다. "아무리 많은 음식도 그의 허기를 채워주지 못했다. 목 안은 타는 듯이 말랐다"라는 표현처럼 나도 그렇게 살았다.

정작 내 마음에 있는 이야기는 타인에게 하지 못해 허기져 있으면서 다른 사람만 배부르게 이야기하도록 했다. 스스로 타인의 감정 배출을 도와주는 사람, 감정 쓰레기통으로 보여도 좋다고 생각했다.

내 마음은 외면한 채 오로지 타인의 힘든 이야기만 듣고 있었다. 타인을 위해서 돈과 시간을 썼다. 내 존재가 누군가에게 필요하다는 뜻이니까 괜찮다고 애써 위로했다.

그런 모습은 첫째 아이를 낳고도 변함이 없었다. 복직해서도 여전히 누군가의 힘들어하는 이야기를 들어주는 사람이었다. 그런 내 모습을 바꿔야 한다고 생각하지 못했다. 그렇게 사는 게 익숙했고, 괜찮았다.

이런 모습은 내가 둘째 아이를 낳고 육아 휴직을 하면서 바뀌게 되었다. 더 이상 누군가를 만나서 이야기하는 게 힘들었다. 그 시절에 두 아이를 가정 보육하고 있었다. 어디를 가든 두 아이가 곁에 있었다.

다른 사람의 이야기를 집중해서 듣는 게 힘들었다. 대화를 나누다 보면 아이가 나를 찾아서 흐름이 뚝뚝 끊겼다. 게다가 아이들을 데리고 나가려면 짐이 한가득이었다. 아이들 챙기랴, 짐 싸랴. 집을 나서기 전부터 이미 에너지가 바닥났다.

타인에게 줄 시간과 마음의 여유가 사라지자 점차 혼자 있는 것이 더 편했다. 아무도 나를 찾지 않는 시간이 더 좋았다. 혼자만 깨어 있는 새벽에 너무 외롭고 힘든 마음을 책을 읽으며 위로받았다.

비로소 숨 쉴 틈이 생겼다고 느꼈다. 소설《토지》를 필사하며 읽었다. 소설에 등장하는 다양한 사람들의 이야기에 빠졌다. 그들을 이해하다 보면, 나 자신도 이해하게 됐다. 우울한 마음을 있는 그대로 글에 쓰니까 생각이 정리되었다. 마음이 평화로워졌다.

차츰 새벽에 홀로 깨어서 내가 나를 알아주는 시간을 사랑하게 되었다. 그럴수록 다른 사람이 나를 어떻게 대하고 있는지도 선명하게 볼 수 있었다.

마음속 감정을 글에 담는 날들이 쌓이면서 깨달았다. 그동안 나를 돌보기보다는 다른 사람 감정을 챙기는 것에 더 힘쓰며 살아왔다는 것을 말이다. 내 감정을 알아주기보다는 타인들의 감정 쓰레기통 역할만 했다는 것도 발견했다.

그동안 나를 잘 몰랐다. 그러면서 나를 파악하려고 하지도 않았다. 해오던 방식이 익숙해서 나에게 맞는다고 착각했다. 그것이 나에게 좋은 것인지, 좋지 않은 것인지를 타인의 반응을 보고 판단했다. 다른 사람이 좋아하는 것을 하려고 했다. 거기에 나는 없었다.

그런데 많은 책이 나를 사랑하며 사는 게 어떤 것인지를 알려주었고, 내 인생의 나침반이 되어주었다. 차츰 나는 올바르게 판단하는 힘을 키울 수 있었다. 내가 나로 살아가는 게 어떤 것인지도 조금씩 알아갔다.

내 감정도 제대로 표현하지 못하면서, 다른 사람의 감정 쓰레기통으로 사는 건 나를 사랑하는 길이 아닌 것이 분명했다. 나는 그동안 하지 못했던 내 감정을 건강하게 표현하는 방법부터 차근차근 익혀야 했다. 지금까지 타인을 위해 살았던 나를 바꾸기 위해 나 자신에게 말해준다.

"나는 당신의 감정 쓰레기통이 아닙니다."

알아주지 않더라도

덤덤할 것

•

세상이 그대에 대해
어떻게 말하는지보다는
그대가 자신에게
무어라 이야기할지를
신경 써야 한다.

몽테뉴,《몽테뉴의 수상록》

내 블로그에서 '나만의 미라클 타임을 설정하는 5단계'를 주제로 무료 저자 특강을 연 적이 있다. 《엄마의 새벽 4시》를 출간하고 난 뒤였다. 참여하신 분들에게 나에게 맞는 목표와 습관을 설정하는 방법을 알려 드렸다.

특강에 참여했던 분들은 3주 동안 실천을 이어갔다. 그 후 그분들과 한 번 더 온라인에서 만났다. 다시 만났을 때는 그동안 미라클 타임을 실천하면서 어땠는지, 어떤 부분이 어려웠는지 경험을 나누는 시간을 가졌다.

한 분이 말했다. "저는 속상한 일이 있었어요. 제가 책 읽는 걸 좋아해서요. 직장에서 점심시간에 종종 봤어요. 그런데 직장 동료 한 명이 저한테 그러는 거예요. 뭐 그렇게 열심히 살아. 적당히 해. 제가 책 읽는 걸 그 사람한테 무시 받는 것 같았어요. 썩 기분이 좋지 않더라고요."

그분 이야기를 듣던 다른 분이 이어서 말했다. "저도 그런 적 있어요. 제가 좋아서 하는 건데요. 그걸 하면 왜 힘들게 산다고 이야기하는지 모르겠어요. 그런 말을 하는 사람 앞에서는 자꾸 눈치를 보게 돼요."

주변 사람들이 내가 좋아서 하는 행동을 보고 자기 기준으로 평가 내릴 때가 있다. 그게 응원 또는 칭찬이면 그나마 낫다. 얼굴이 붉어지고 괜스레 쑥스럽지만, 내가 잘하고 있다는 마음이 들기 마련이다.

반면에 비아냥거리거나 함부로 말하는 사람도 있다. 굳이 왜 그런 걸 하려고 하냐면서 더 나은 게 있다고 조언하는 사람도 있다. 내가 좋아서 시작한 감정을 알아주지 않는 사람들이다.

"이번에 두 번째 책 쓰려고요."

"아니, 첫 번째 책 쓰고 적자 본 거 아니었어요? 그런데 두 번째 책을 쓴다고요?"

"나도 알아요. 그래도 쓰고 싶어요."

"...그래요. 여보가 알아서 해요."

큰맘 먹고 남편에게 두 번째 책을 쓰겠다고 말했을 때, 남편은 나를 도저히 이해할 수 없다는 표정과 말투였다. 사실 남편 말이 틀린 게 하나도 없었다. 첫 책을 출간하고 번 돈보다 지출한 돈이 훨씬 많았다. 완전히 적자인 셈이다.

그때는 육아 휴직을 하고 있을 때여서 지갑에 돈이 넉넉하지 않았다. 때마침 친했던 친구와 여행을 가기로 하고 달마다 2만원 씩 3년 동안 모은 돈이 있었다. 그 돈을 다 모았던 때가 첫 책이 나온 시기와 정확하게 맞물렸다. 나는 우리가 계획한 대로 여행을 가지 못하게 되어서, 여행을 계획했던 돈 전부를 내가 쓴 책을 알리는 데 썼다.

남편은 책 한 권 팔린다고 내가 큰돈을 벌지 못한다는 것, 오히려 책을 알린다면서 돈을 더 쓴다는 사실을 정확히 알고 있었다. 지극히 맞는 말만 하는 남편의 반응에 내 마음은 무너졌다. 그에게 진심 어린 응원을 받을 수 없었다.

그럴지라도 내 주장을 굽히지 않았다. 단호한 내 모습에 남편은 마지못해 책을 잘 써보라고 해주었다. 나는 꿋꿋하게 다음 책 원고를 썼다. 그 뒤로도 2권을 더 썼다. 지금의 남편은 내가 하려는 모든 것을 응원해주고 있다. 가장 든든한 지원군이 되었다.

나는 얼마 전에 〈줄리 앤 줄리아〉 영화를 보았다. 줄리는 남편을 따라서 프랑스에 간다. 음식 먹는 것을 좋아했던 줄리에게 프랑스 요리는 신기하고 재미있다.

처음에는 다양한 요리를 맛보는 것을 즐기며, 그 시절 여자들이 배우는 모자 만들기 같은 공예 수업을 듣는다. 그러다가 자신은 그런 만들기에는 관심이 없다는 것을 알게 되고, 용기 내서 프랑스의 르 꼬르동 블루 요리 스쿨에 지원한다. 그때는 1940년대여서 여자가 요리를 배우기 위해 입학할 수 없었다. 하지만 줄리는 끝까지 포기하지 않는다. 당당하게 입학을 허락받아서 프랑스 전문 요리를 배운다.

같이 배우는 남자들에게 주눅들지 않고, 밤낮으로 요리하며 실력을 키운다. 그러다가 자신만의 레시피를 정리하고 요리책을 출간한다. 1950년에는 미국에서 아주 유명한 프랑스 음식 전문 요리사로 활동한다.

"뭘 뒤집을 때는 자신의 믿음에 대해 용기를 가져야 해요. 특히 이렇게 물렁한 것이면요. 이건 별로 잘 안 됐네요. 그런데 그건 뒤집을 때 필요한 용기가 부족해서였어요. 그 용기가 있어야 되는데. 하지만 다시 담으면 돼요. 주방에 혼자 있는데 그걸 누가 알겠어요?"

줄리가 요리하는 프로그램에서 시청자들에게 하는 말이

다. 뒤집다가 흘리면 다시 담으면 된다. 그걸 누군가가 알아주지 않아도 괜찮다. 혹시라도 내가 한 실수를 다른 사람이 알아도 상관없다. 내가 좋아하는 일이기에 용기를 내서 또 해나갈 수 있다. 내가 나를 관대하게 바라보면서 소중하게 대하는 것이 중요하다.

내가 좋아하는 것을 한다는 건 나를 존중하는 태도다. 남들이 뭐라고 말하든 내가 하고 싶은 것을 하면서 사는 게 더 좋다. 인생을 다르게 볼 수 있는 눈이 열린다.

"정말 멋진데! 자, 이 멋진 하루를 어떻게 보내지? 정말 아름다운 인생이잖아. 진심으로 말이야"라고 인생을 오래 산 현자들이 깨닫고 말하는 것처럼.

오늘 나에게 일어난 일을 너무 심각하게 받아들이기보다는, 좋아하는 일을 하면서 유쾌하게 보내는 게 더 낫다. 내가 하고 싶은 것을 해보면서 인생을 즐기며, 삶을 풍요롭게 사는 게 더 좋다. 내가 좋아하는 것들을 하면서 지금 이 순간을 사는 경험에 집중하고 싶다. 내가 살아 숨 쉬고 있다고 느끼며 유쾌하게 살기를 바란다.

나를 무시하는 다른 사람의 말에 잠시 흔들릴 수 있지만, 그 의견을 정답으로 받아들이지 않는다. 그리고 마음속으로 외친다. "내가 좋아하는 걸 무시하지 말아줄래?"

사람들은 나를 잘 모른다. 그러면서 자신의 기준이 맞다고 말한다. 하지만 그들 역시 나와 크게 다르지 않다. 내가 나에게 맞는 길을 찾아 헤매고 있듯이, 그들도 각자 고민하고 흔들리고 있다.

우리는 모두 불완전한 존재다. 나는 나를 온전하게 이해하지 못하는 사람들의 말만 듣고 그들에게 휘둘리지 않겠다고 다짐한다. 스스로 내 행동에 가치를 매긴다. 지금 이 순간 내가 좋아하는 것을 하며 즐겁게 살면 된다. 그러면 충분하다.

스스로를

미워하지 말 것

•

무릇 지킬만한 것보다
네 마음을 지키라.
생명의 근원이 이에서 남이니라.

솔로몬, <성경>

첫째 아이를 응급 수술로 낳았다. 10시간 넘게 진통하다가 아이가 위험해져서 급하게 수술했다. 그동안 자연분만으로 아이를 낳는 게 당연하다고 생각했다.

그런데 첫째 아이는 36주까지 역아로 있었다. 머리를 아래로 돌리기 위해서 고양이 자세를 수시로 했다. 요가, 계단 오르기, 산책을 꾸준히 하며 출산 전까지 준비했다.

아이가 수술해서 태어나면 아이에게 좋지 않을 것 같았다. 역아가 아니면 자연분만을 할 수 있었다. 내가 할 수 있는 최선을 다해서 건강한 자연분만을 대비했다.

드디어 37주에 아이의 머리가 아래로 내려갔다. 출산이 임박하자 걱정부터 앞섰다. '아이 낳을 때 너무 아프면 어떡하지? 내가 힘을 잘 줄 수는 있을까?'

출산을 앞두고 다양한 정보를 얻기 위해서 여러 인터넷 맘 카페에 가입했다. 거기에는 출산 후기들이 잔뜩 쌓여있었다. 나는 그것들을 밤늦게까지 계속 찾아서 읽었다.

그럴수록 이미 아이를 낳은 것 같았다. 아이를 출산하는 장면을 상상하면 두렵고 떨렸다. 제발 건강하게 태어나기만을 간절히 기도하며 준비했다.

그런데 예상치 못한 긴급 수술로 아이를 낳을 줄이야. 아이가 건강하게, 안전하게 태어난 사실은 눈에 들어오지 않았다. 자연분만을 하지 못했다는 생각, 실패했다는 생각이 자꾸만 마음을 짓눌렀다.

아이를 낳은 첫날밤에는 계속 눈물만 났다. 남편은 우는 나를 위로해 주었다. "우리가 앞으로 잘 키우면 되는 거예요. 낳는 것보다 그게 훨씬 더 중요하니까요."

하지만 나는 수술로 아이를 낳고 아이에게 미안한 마음, 부족한 엄마가 되었다는 생각에서 벗어나지 못했다. 수술을 통한 출산은 상처만 남겼다. 시작하는 단추부터 잘못 끼운 것 같았다.

그때의 나는 어떤 기준에 다다르지 못한 나 자신을 함부로 대했다. 끝없이 나를 비판하며 힘들게 했다. 결과가 기대치에 미치지 못하면 그동안의 노력은 소용없는 것이라 여겼다. 결코 나에게 따스하거나 다정하지 못했다. 그러던 중에 지인의 말은 내 존재를 더 작게 만들었다. "그러니까 왜 제왕절개로 낳았어. 나처럼 자연분만 했어야지."

남들 인정에 목말라서 타인의 칭찬을 더 중요하게 생각했던 때였다. 내가 애쓴 것을 알아주지 않는 말을 들으면 견디기 힘들었다.

아이 낳고 몇 달이 지났지만, 여전히 수술해서 아이를 낳은 부족한 엄마라는 생각에서 벗어나지 못하고 있었다. 그 와중에 들은 지인의 말에 돌에 맞은 것 같은 기분이 들었다.

내 가슴에 돌을 던진 그 사람은 나보다 몇 개월 뒤에 자연분만으로 아이를 낳았다. 나는 왜 자연분만도 하지 못한단 말인가. 그의 곁에서 해내지 못한 사람이 된 게 싫었다. 스스로 심하게 자책했다.

집에 돌아와서는 그의 말에 위축된 모습을 보였던 것에 자존심이 상했다. 한편으로는 아예 내 사정을 모르는 사람이 아닌데도, 어떻게 그런 말을 할 수 있냐며 분개했다. 시간이 지나도 평정심을 찾기가 힘들었다.

"그게 뭐 어때서요. 아이를 건강하게 낳기만 하면 되는 거 아닌가요? 자연분만이든 제왕절개든 문제될 거 있나요?"

이렇게 말했다면 얼마나 좋았겠는가. 사실 아이가 어떻게 태어나든 건강하게만 태어나면 되는 것이다. 무슨 방법으로 가든 서울만 가면 되는 거 아닌가. 걸어가든 차를 타든 기차를 타든. 안전하게 도착하면 오케이. 하지만 나는 생각을 전환하지 못했다. 왜 나는 그 사람 앞에서 당당하게 말하지 못했단 말인가.

떳떳하지 못했던 내 모습이 한심스러웠다. 내가 해내지 못한 것에 매여 실패했다는 생각만 채우고 있었다. 다른 사람의 말만 곱씹으며 끊임없이 에너지를 뺏기고 있었다.

내 에너지를 가져가는 도둑들에게 무방비 상태로 지내면서 힘들어했다. 나는 나를 평가하는 말을 들었을 때 잘 대응하지 못했다. 나를 지키기 위해 당당하게 말하는 데 서툴렀다. 그러면서 함부로 말한 상대방을 향한 분노가 치밀어 올랐다.

내 행동, 성격, 태도를 지적하는 말을 듣고 가볍게 웃어넘기기가 어려웠다. 다른 사람들의 말은 마음속에 남아서 끝없이 나를 따라다녔다. 스스로가 부족한 사람이라는 생각의 씨앗을 계속 심었다.

내 편이 되어서 내 마음의 방패막이가 되지 못했다. 만남이 끝난 뒤에도 타인의 말과 행동을 생각하면서 에너지를 계속 갉아먹었다. 에너지 도둑들이 하는 말에 마음을 활짝 열어놓았다. 내 마음의 집을 꾸미는 일에 소홀했다.

우리는 집에 도둑이 함부로 들어올 수 없게 밖에 나가기 전에 창문부터 현관문까지 꼭꼭 잠근다. 그렇게 하고도 한 번 더 집을 확인한다. 아무나 집에 들이지도 않는다. 신원부터 확인하고 믿을 수 있는 사람만 출입하게 한다.

집을 지키는 일엔 이렇게 신중하면서 마음의 집을 지키는 일에는 소홀했다. 에너지 도둑들을 나만의 기준으로 거르지 않았다. 아무나 언제라도 방문을 환영한다는 마음가짐으로 문을 활짝 열어놓고 기다렸다.

사람들이 생각 없이 던진 말을 마음의 집에 고이 모셔두었다. 내 마음의 문지기가 되지 않았다. 에너지 도둑들이 함부로 들어와서 마구 망쳐놓도록 허용했다. 나부터 나를 미워했고, 내 존재를 사랑의 눈으로 바라보지 않았다.

바뀌어야 했다. 그래서 우선 나 자신을 미워하지 않기로 했다. 내 존재에 감탄하고 경외심을 품는 게 필요했다. 그래야 에너지 도둑들을 알아보고 나를 보호할 수 있을 것이었다.

나는 내 경험과 내면의 소리를 신뢰하고 타인을 만날 때 내면의 소리에 귀를 기울인다. 이것은 에너지 도둑이 나를 찾아오면 알려준다. 나를 사랑하는 마음이 클수록, 내 존재를 있는 그대로 바라볼수록 내면의 소리는 더 선명해진다. 나는 더 이상 도둑이 찾아와서 내 에너지를 빼앗아 가도록 허락하지 않는다. 오늘도 나를 사랑하는 마음으로 내면의 소리에 귀를 기울인다. 나를 지켜주는 것에 집중하며 산다. 그리고 마음속으로 선언한다.

'내 마음의 문이 닫혔습니다. 에너지 도둑인 당신은 이 안에 들어올 수 없습니다.'

3장

좋은 엄마보단
괜찮은 나

나는
조건없이
나를
사랑한다

부족한 모습도

껴안을 것

.

자신에게 부정적인 면이 있다는 사실을
인정하는 것이 무엇보다 중요합니다.
일단 인정하고 나면 노력으로
그것을 내보낼 수 있습니다.

엘리자베스 퀴블러 로스, 《인생 수업》

"억울해요, 4분밖에 안 늦었는데. 뛰어오려는데 가슴이 너무 아팠어요. 걸어올 수밖에 없었다고요. 최선을 다한 거예요."

"그래도 너는 늦었어. 게임하려면 몇 시까지 와야 한다고?"

"6시까지요."

"그런데 6시 4분에 왔어. 늦은 거 맞지? 그러니까 오늘은 게임 못하는 거야."

"싫어요!!! 엄마는 왜 내가 애쓴 것을 알아주지 않는 거예요!!!"

첫째 아이가 폭발해서 나에게 소리 질렀다. 아이는 초등학교 2학년이 되면서 게임의 세계를 만났다. 그동안 책만 보던 아이였는데, 완전히 게임에 빠졌다.

놀이터에서 친구들이 스마트폰으로 게임하는 것을 보고 자기도 하고 싶다고 했다. 자꾸만 스마트폰을 사달라고 졸랐다. 남편과 상의한 끝에 노트북으로 게임을 할 수 있도록 했다.

첫째 아이는 친구들이 한다는 '냥코대전쟁'을 하면서 신났다. 날이면 날마다 그것만 이야기했다. 나는 해본 적 없었지만, 하도 자주 들어서 꼭 게임을 한 사람이 된 것 같았다. 첫째 아이는 학교가 끝나면 놀이터에 가서 친구들과 놀기 시작했다. 놀이터에서 놀고, 7시에 들어와서 저녁 먹고 게임을 하면 금방 9시가 되었다.

나는 첫째 아이와 상의했다. 게임을 하고 싶으면 6시까지는 와야 한다고. 6시가 넘어서 오면 그날은 게임을 하지 않는 것으로 규칙을 정했다. 아이는 동의했다. "오늘은 꼭 6시까지 와야지." 다짐하며 놀러 나갔다.

그 후 첫째 아이는 6시 40분에 들어오면, 스스로 그날은 게임을 못 하겠다고 말하며 저녁을 먹었다. 6시 전에 들어오면, 게임을 하게 되어서 좋다며 날아갈 듯이 기뻐했다. 그러다 하루는 6시 4분에 들어온 것이다.

나는 잠시 고민했다. 4분은 좀 애매했다. '아주 조금 늦었는데 그냥 하라고 해야 할까. 아니면 그래도 늦은 거니까 이번에 정확하게 알려줘야 할까.'

고민 끝에 약속을 어겼으니 게임을 할 수 없는 걸로 정했다. 첫째 아이는 계속 억울해했다. 엄마가 어떻게든 6시까지 오려고 노력한 것을 전혀 알아주지 않고, 무조건 안 된다는 말만 반복했기 때문이었다. 첫째 아이는 내 말을 받아들일 수 없다며 나와 격하게 말싸움을 하기 시작했다.

"나는 최선을 다한 거라고요. 엄마가 6시 넘으면 못한다고 말하지 않았잖아요."
"6시까지 들어오면 할 수 있다는 게 그 말이지. 4분은 6시가 넘은 거야? 안 넘은 거야?"
"넘은 거죠."
"그럼 늦었으니까 못하는 거야."

도돌이표처럼 서로 같은 말만 반복했다. 현실을 받아들일 수 없다는 첫째 아이의 메아리였다. 나는 무한 반복하는 대화에 폭발했다. 강한 여왕벌이 되어 아이한테 쏘아붙였다.

"자꾸 이렇게 억지 부릴 거면 내일도 하지 마!!!!! 주말 동안 게임 금지야!!"
아이는 그 말을 듣자마자 오열했다. 계속 엉엉 울었다. 자신의 처지를 불평했다. "나는 운이 없어. 왜 이렇게 하는 일마다 안 되지? 게임도 못 하고. 최선을 다한 건데. 왜 못하는 건데..."

나는 그저 시간을 지키는 것을 가르쳐주고 싶었던 거였는데, 첫째 아이는 자기 신세를 한탄하고 있었다. 절망스러워하는 아이의 말을 듣기가 힘들었다. 그러다가 이 말을 듣고 분노의 화산이 터졌다. "엄마는 왜 늘 내가 하고 싶은 것을 못 하게 해요."

사실 많은 육아서를 읽었기에, 아이의 감정을 어떻게 받아줘야 하는지에 대한 지식은 쌓여있었다. 하지만 현실에서 적용하는 건 어려웠다.

감정은 받아주되 행동을 제한한다는 게 실천하기 힘들었다. 첫째 아이가 불평하는 말을 할 때는 더 그랬다. 나는 그런 말을 하지 못하고 컸기 때문이었다.

어린 시절 친정엄마는 내가 불만스럽게 말하면 나에게 화를 냈다. 내 인격을 함부로 말할 때도 많았다. 나는 엄마를 힘들게 하는 사람, 작은 것에 감사할 줄도 모르는 사람이 되어버린 것 같았다. 나는 우리 엄마의 그런 부분이 정말 싫었다. 엄마와 다르게 아이의 인격을 함부로 말하지 않으면서, 아이를 온전히 이해해주는 좋은 엄마가 되고 싶었다.

아이에게 상처를 주는 말은 하고 싶지 않았다. 가능하면 아이 편에서 이해하려고 노력했다. 아이의 감정을 읽어주고 공감하는 말을 해주려고 애썼다.

하지만 내 감정의 판도라 상자가 열린 상태에서는 소용없었다. 머리로만 알고 있는 지식은 분노한 상태에서 전혀 힘을 발휘하지 못했다. 이미 친정엄마의 모습이 내 몸 곳곳에 새겨져 있었다. 감정이 격해지면 바로 튀어나왔다. 그리고 타올랐던 불이 꺼지면 심한 자책 모드에 빠졌다.

그동안 내 말에 상처받았을 아이를 걱정했다고 생각했다. 하지만 그게 아니었다. 아이가 나를 싫어할까 봐 두려워한 거였다. 내가 우리 엄마를 싫어했던 것처럼 첫째 아이가 나를 그렇게 생각할까 봐 두려워서 아이에게 상처 주지 않으려고 노력한 것이었다. 아이에게 완벽하게 좋은 사람이 되면, 아이가 나를 좋아할 테니까.

하지만 첫째 아이는 내가 완벽하게 좋은 엄마여서 나를 사랑하는 게 아니다. 그저 내가 엄마이기 때문에 좋은 거다. 자기가 바라는 엄마의 기준에 맞아서 나를 좋아하는 게 아니었다. 나는 마음을 가라앉히고 아이에게 솔직하게 말했다.

"엄마가 주말까지 게임 금지라고 과하게 말해서 미안해. 화가 나서 그랬어. 엄마가 네가 애쓴 것을 알아주지 않아서 그랬듯이, 엄마도 네가 나를 알아주지 않으니까 그랬어."

첫째 아이는 그 말에 엉엉 울면서 나에게 안겼다. 금세 "엄마 저도 죄송해요"라며 사과했다. 나도 같이 울었다. 아이가 나를 얼마나 사랑하고 있는지를 알 수 있었다.

내가 느낀 감정을 솔직하게 말하니 아이도 충분히 이해해 주었다. 나를 있는 그대로 받아들여 주었다. 조건 없는 사랑을 보여주었다. 오히려 나보다 더 넓은 마음으로 내 부족한 행동을 수용해주었다.

그동안 나는 완벽하게 좋은 사람이 되고 싶었다. 어릴 때는 친정엄마에게, 학창 시절에는 친구들에게, 성인이 되어서는 직장동료들에게, 그리고 남편과 아이에게까지 그런 사람으로 보이고 싶었다. 그래야 사랑받을 수 있다고 생각했다. 그들의 마음에 들기 위해서 맞추고, 내 안에 있는 부정적인 모습을 외면하고 억누르려고 했다.

제대로 착각한 거였다. 나는 불완전한 사람이었다. 나는 결코 완벽하게 좋은 사람이 될 수 없었고, 부족한 모습도 나였다. 너무 좋은 사람이 되고자 애썼던 것이 오히려 자연스러운 관계를 방해했다.

나는 완벽하게 좋은 사람이 아니어도 괜찮다는 믿음, 있는 그대로 부족하고 모난 모습까지 수용하겠다는 자세, 거기에서 진짜 배움이 일어날 수 있다.

부족한 점을 받아들이고 하나씩 고치려고 노력할 때 비로소 나는 좋은 사람이 된다. 바로 인생에서 제일 중요한 나 자신에게 말이다. 지금의 나는 나에게 제일 좋은 사람으로 산다. 나에게 다정하게 말해준다.

"완벽하게 좋은 사람이 아니어도 괜찮아. 나는 내 편이니까."

날뛰는 감정도

받아들일 것

•

자신을 도울 줄 알아야 한다.
커다란 위험 속에서 대담한 마음보다
더 나은 동반자는 없다.
마음이 허약해지면 다른 부분들이
그것을 도와주어야 한다.
자신을 도울 줄 아는 사람은
수고를 덜 수 있다.

발타자르 그라시안,《세상을 보는 지혜》

둘째 아이와 놀이터에서 놀고 들어왔다. 아이는 땀이 줄줄 난 상태인데도 씻지 않겠다고 말했다. 나는 짜증을 꾹 누르고 아이를 달랬다. 겨우 아이의 옷을 벗겨서 욕실에 들어갔다. 아이는 그 뒤로 줄곧 "내가 할 거야!"를 외쳤다. 초반에는 아이가 스스로 씻을 수 있도록 배려해 주었다.

둘째 아이는 뭐든 자기 손으로 하는 것을 좋아한다. 자신이 할 수 있는 것을 남이 해주면 그 자리에서 바로 운다. 3초 안에 눈물을 뚝뚝 흘린다. 나는 그런 아이의 성향을 존중하며 키우려고 노력했다. 아이의 타고난 자율성을 키워주기 위해서 가능하면 스스로 하도록 다양하게 기회를 만들어 주었다.

하지만 내 마음이 조급하거나, 시간이 촉박할 때는 그렇게 할 수 없었다. 유독 둘째 아이의 머리를 감길 때 잘 기다려주지 못했다. 그래서 아이와 꼭 한 번씩 실랑이를 했다. 아이의 머리에 샴푸를 묻히고 헹굴 차례였다.

"머리를 앞으로 대." 몇 번을 말해도 아이는 샤워기에 머리를 잘 대지 못했다. 머리 앞쪽에 샴푸 거품이 그대로 남아 있는데 자꾸만 눈을 비볐다. 결국 내 손으로 아이의 머리를 잡아다가 닦였다.

내가 다급할수록 상대적으로 둘째 아이의 행동은 느릿느릿
하고 뭉그적거렸다. 자기가 하겠다고 버티는 힘도 커졌다.
그날은 아이를 잡아당기는 내 손에 평소보다 힘이 더 들어
갔다.

나는 빨리 아이를 씻기고 나가고 싶어서 자꾸 재촉했다. 그
렇지만 아이의 자세는 변화가 없고, 오로지 자기가 하겠다
고 더 강한 힘으로 버티기만 했다. 결국 참지 못했다. 쌓였
던 짜증이 한 번에 폭발했다.

"머리를 샤워기에 대야 비누 거품이 씻길 거 아니야! 머리
를 앞으로 대라고 몇 번을 말해!!"

다짜고짜 둘째 아이한테 큰소리를 질렀다. 욕실에 내 목소
리가 쩌렁쩌렁 울렸다. 평소보다 크게 들렸다. 아이는 자기
손으로 씻는 것도 하지 못한 채로 엄마에게 혼나기까지 했
다. "싫어!! 내가 할 수 있어. 내가 할 거라고!!!!"

아이는 엄마의 목소리보다 더 강한 울음으로 맞대응했다.
그런 아이를 보면서 내가 더 크게 울고 싶었다. 주체할 수
없는 화가 올라왔다.

대체 어디서부터 꼬였던 걸까. 내 마음을 찬찬히 살펴보았다. 기분이 상한 시작점이 분명히 존재할 것이다. 마치 탐정이 사건을 해결하기 위해서 아주 작은 단서를 하나씩 찾듯이, 차근차근 찾아 나갔다. 내 마음에 돋보기를 갖다 대고, 탐색해갔다. 짜증, 화, 감정이 폭발했던 과정을 거슬러 가봤다. 빠르게 뒤로 돌리기를 했다.

드디어 찾았다. 시작은 남편이었다. 남편이 몸살이 나서 앓아누웠다가 회복한 날이 있었다. 남편이 아프면 내 몸이 몇 배는 더 바빠진다. 평소에 아이 둘 챙기는 것만으로도 이미 마음의 여유가 없을 때가 더 많은데, 거기에 살뜰히 살펴야 하는 성인 한 명이 추가되었다.

나는 남편이 최대한 잘 쉬고 회복할 수 있도록 최선을 다해서 배려했다. 남편에게 이보다 더 좋은 서비스를 제공할 수는 없겠다 싶을 정도로 해주었다. 나도 남편처럼 아무것도 안 하고 푹 쉬고 싶다는 마음까지 들면서도 말이다. 덕분에 남편은 이틀 동안 방에만 누워 몸을 회복했다. 3일차에는 괜찮아져서 출근했다.

그런데 퇴근하고 돌아와 남편이 치우지 않은 방을 보자마자 화가 났다. '지금 나보고 이걸 다 치우라는 거야?' 회복했으면 쉬었던 자리는 스스로 치워야 할 것 아닌가. 내가 아플 때 챙겨주었으면, 나머지는 본인이 해야 하는 거 아닌가. 남편을 향한 원망, 비판, 비난하는 마음이 올라왔다. 그게 커지고 커져 아이에게 터뜨렸다.

근본적으로 내 마음이 삐뚤어진 진짜 이유는 따로 있었다. 남편에게 "내가 아픈 동안 정말 애썼어. 고마워"란 말을 듣고 싶었다. 하지만 남편의 옆구리를 찔러서 그 말을 들어야 한다는 데에 자존심이 상했다. 소용돌이치는 감정 속에서 지독하게 외로웠다.

마음이 채워지지 않아서 남편을 향한 불만이 폭발했다. 내 안의 아이가 계속 떼쓰고 있는 셈이었다. 속이 시끄러웠다. 그 아이는 좀처럼 입을 다물지 않았다. 원하는 것을 채우기 전까지 계속 떠들어댈 것이었다. 내면의 어린아이가 멋대로 심하게 날뛰었다. 도통 말을 듣지 않는 다섯 살 수준의 아이였다.

이미 감정이 격해진 상태일 때는 한 방향으로만 향하다가 누군가에게 터뜨린다. 그게 바로 아이들일 때가 대부분이었다. 격한 감정이 터지고 남는 것은 후회, 자책, 스스로를 향한 비난이었다. '내가 더 참았어야 했는데, 내가 문제야.' 하지만 내가 무조건 참는다고 근본적인 문제가 해결되는 게 아니다. 화를 꾹꾹 누르기만 하는 건 결코 좋은 방법이 아니다. 다른 행동으로 바꿔주어야 했다.

감정이 심하게 널뛰기를 하는 날일수록 나를 더 섬세하게, 따스하게, 다정하게 대해줘야 한다. 사실은 내 마음이 누군가에게 위로받고 싶어서 나 좀 챙겨 달라고 우는 소리이기 때문이다. 내 마음의 소리를 나부터 살펴줘야 한다는 신호로 들어야 했다.

나는 앞으로는 화가 쉽게 나는 날, 짜증이 나는 날에는 다음과 같이 해보기로 했다. 가장 먼저 나 자신에게 들이대던 높은 잣대를 내려놓는다. 다음으로는 나를 비난하고 비판하는 말과 생각을 멈춘다. 그리고 내 마음을 따스하고 다정하게 돌봐준다.

이제는 '네가 문제야, 네가 잘해야지. 화를 내서 되겠니?'가

아니라, '고마워, 애썼어, 사랑해' 이 말을 듣고 싶었구나'라
고 말해준다. 내가 지금 듣고 싶은 말을 해준다. 나를 소중
한 친구 대하듯이 대접해 준다. 잘 먹고 잘 쉰다. 나에게 다
정하게 대한다.

화가 났을 때 무조건 참지 않는다. 대신 나 자신에게 들이
대는 잣대 내려놓기, 나를 비난하고 비판하는 말과 생각을
멈추기, 내 마음을 다정하게 돌봐주기를 한다. 위로받고
싶었던 내 마음을 알아주는 것이다.

나는 그동안 아이들에게 격하게 화를 내고 난 뒤에는 지나
치게 엄정한 판단의 잣대를 들이댔다. 아이들에게 좋은 모
습만 보여주고 싶었다.

남편에게도 마찬가지였다. 그러면서 정작 내가 위로받지
못할 때는 아이들에게 화내거나 짜증을 폭발했다. 하지만
위로받고 싶을 때 필요한 건 나 자신을 향한 따스한 이해와
사랑이다. 나에게 건네는 다정한 위로의 말이다.

내가 가장 좋아하는 책 중 하나인 《어린 왕자》 서문에 나오
는 글처럼. "어른들은 춥고 배고픈 프랑스에 살고 있기 때

문이다. 어른들은 위로가 필요하다"

우리는 누구나 위로받고 싶어 한다. 어른이 되어보니 어릴 때보다 더 마음이 춥고 배고픈 날이 많다. 그러므로 스스로에게 들이대던 엄한 잣대를 내려놓고 나 자신부터 따스하게 챙겨주어야 한다. 위로와 공감은 상처받은 내 마음에 스스로가 줄 수 있는 가장 좋은 치료제이다.

과거의 나를

이해할 것

·

분노는 꿀보다 달콤해서
현명한 자들의 가슴속에
불을 지르고 연기처럼 커진다.

아무리 고통스러워도
과거의 망령에 헛되이 매이지 말라.
과거는 이미 지나가버려 되돌릴 수 없다.

호메로스,《일리아스》

큰맘 먹고 남편 없이 두 아이와 놀이공원에 갔다. 아이들은 그곳에서 물 만난 물고기처럼 신나게 놀았다. 지친 기색 없는 에너자이저였다. 시간이 갈수록 내 다크써클은 발바닥까지 내려오는데, 아이들은 절대로 집에 가고 싶어 하지 않았다.

"이제 10분 뒤에 모든 놀이기구의 운행을 종료합니다. 곧 열차가 떠납니다. 타실 분들은 열차 타는 곳으로 가서 기다려 주세요. 다음에 또 찾아 주시길 바랍니다."

나는 폐장한다는 방송을 들으며 두 아이를 끌고 밖으로 나왔다. 아이들은 더 놀고 싶은데 못 놀아서 아쉽다고 입을 쭉 내밀었다.

아이들의 마음을 달래주고자 시원한 소프트아이스크림을 사주었다. 아이들은 혀로 핥아먹으면서 "엄마 재밌어요. 또 와요"라고 연신 말했다. 나는 혼자 두 아이를 놀이공원에 데리고 온 큰 과제를 해내서 내심 기분이 좋았다.

"오늘 즐거웠지? 엄마한테 뭐라고 말해야 하지?"

아이들을 차에 태우고 집에 돌아가는 길에 물어봤다.

"엄마 고맙습니다!!"

둘째 아이가 환하게 웃으며 아주 큰 목소리로 대답했다. 그런데 첫째 아이는 내가 예상치 못한 질문을 했다.

"제가 왜 고마워해야 해요?"

어리둥절한 표정으로 눈을 껌뻑거리며 말했다. 나는 첫째 아이의 말을 듣자마자 불같이 화를 냈다.

"네가 뭘 고마워해야 하는지 모른다고? 네가 가고 싶어 해서 간 거잖아. 엄마가 너를 거기 데려갔다는 것부터 감사해야 하는 거야. 거기 가서 재밌게 놀았잖아. 나는 네가 이런 것을 당연하게 여기면 화가 나!!!!"

집으로 돌아오는 내내 첫째 아이에게 모진 말을 퍼부었다. 너무 화가 났다. 두 아이와 신나게 놀고 기억의 마침표를 화내는 엄마로 강력하게 찍었다. 첫째 아이는 고개를 폭 숙이고 잔뜩 주눅이 들었다.

사실 첫째 아이는 크게 생각하지 않고, 엄마에게 정확하게 어떤 것을 감사해야 할지 몰라서 물어본 거였다. 그 말에 엄마가 아주 격하게 화를 냈으니, 이게 대체 무슨 상황인가 싶었을 것이다. 첫째 아이는 두 눈에 눈물이 그렁그렁한 채 모기처럼 작은 목소리로 답했다.

"엄마 죄송해요. 데려가 주셔서 고맙습니다."

나는 잔뜩 겁먹은 아이에게 죄송하다는 말을 듣고 싶었던 게 아니다. 그저 놀이공원이 재밌었다, 엄마에게 고맙다는 말을 듣고 싶었다.

아이가 잘 놀았으면 된 거 아닌가. 그거면 놀이공원에 간 목적은 다 이룬 거였다. 하지만 그것만으로 만족할 수 없었다. 기어이 내가 애쓴 것을 인정받아야 했다. 어찌 보면 어린 두 아이에게까지 과하게 말이다.

나와 가까운 사람이 내가 애쓰는 것을 알아주지 않으면 나는 쉽게 폭발한다. 대상은 주로 남편과 두 아이다. 나에게 고마워하지 않는 태도와 말은 참기 힘들다. 지나고 보면 내가 그 정도로 화낼 일은 아닌 거 같다. 하지만 막상 그 상황에서는 이미 화를 터뜨리고 있다.

내가 왜 멈추지 못하고 격해졌는지를 있는 그대로 관찰하는 게 필요했다. 그래야 무한 반복으로 화부터 터뜨리는 습관을 바로잡을 수 있다. 그리고 내가 바라는 부분을 타인에게 설명하면 상대방은 나를 이해해줄 수 있을 것이다.

내가 반복적으로 화내는 상황을 파악하기 위해서 다음처럼 해보았다. 먼저 혼자서 조용히 있을 수 있는 시간을 만들고 노트와 펜을 준비했다.

노트에는 내 감정이 격해지는 상황을 적었다. 내가 어떤 말이나 행동에 화가 났는지를 쓰면서 나를 파악했다. 내 행동을 반성한다는 이유로 스스로를 비난하지 않았다. 내가 대체 어떻게 반응하고 있는지를 알아가는 과정이었다.

주로 새벽 시간에 고전 필사를 하며 격해졌던 감정을 돌아보았다. 생각을 쓰면서 나를 이해해주는 시간을 가졌다. 나를 존중하면서 내 이야기를 집중해서 듣다 보면, 화난 핵심 알맹이를 발견할 수 있었다.

한발 더 나아가 내가 원하는 점을 상대방에게 구체적으로 말할 수 있게 되었다. 이제 남편과 두 아이는 내가 고마워하지 않으면 화를 낸다는 것을 잘 이해하고 있다. 나에게 고맙다는 말을 자주 하려고 노력한다.

상대방이 고마워하지 않는다며 화내는 내 마음 너머에는 두려움이 자리 잡고 있었다. 나는 누군가에게 버림받는다는 게 제일 두렵다. 내가 어떤 그룹에서 소외되고, 내 존재가 인정받지 못할 때는 비참하기까지 하다. 그러다 보니 타인의 눈에 들기 위해서 과하게 노력했다.

그럴수록 사람들과 함께 있을 때 굉장히 피곤하다. 이것을 해결하기 위해서 내가 언제 화가 나는지를 살피고, 내 두려움을 알아차리면서 조금씩 바뀔 수 있었다.

나는 버림받는 것이 두려워서 과한 인정과 칭찬을 바랐다. 상대방이 내가 생각한 만큼 고마워하지 않으면 힘들어하거나 화를 냈다. 타인에게 결정권을 모조리 넘긴 행동이었다. 나는 다른 사람에게 휘둘리고 흔들릴 수밖에 없었다. 스스로 내 존재를 잊어버리도록 만들었다. 나만의 빛이 사라지게 했다. 잘못된 패턴을 바로잡기 위해 내 삶의 의미를 외부 평가에 맡기는 것을 줄여야 했다.

내 존재는 이미 사랑이다. 나는 충분한 사랑을 갖고 이 세상에 왔다. 내가 다른 사람에게 버림받을 것을 두려워할 필요가 없다. 나는 내 감정을 어루만진다. 부족한 내 모습들을 덮어줄 수 있는 사랑을 깨우는 것에 마음을 쓴다.

과거의 나를 이해한다. 톨스토이의 말을 떠올리며 나를 더 사랑하는 하루를 보낸다. "사랑은 죽음을 이기고 인생에 의미를 가져오며 불행을 행복으로 바꾼다."

적절하게 분노를
표출할 것

●

삶에는 얼마나 모순이 많은가.
하지만 우리는 삶과 화해할 수 있는 만큼
화해하며 산다.

생텍쥐페리,《야간비행》

'이러다가 심하게 폭발하겠구나.' 내 인내심은 이미 바닥이 났다. 나에게는 더 이상 아이의 행동을 참을 수 있는 에너지가 남아있지 않았다. 도저히 두 아이와 깜깜한 방에 함께 있을 수 없었다.

이렇게 가다가는 참지 못하고, 아이를 때릴 것 같았다. 이런 때에는 서로 공간을 분리해서 있는 게 더 낫다. 밤에 자지 않고 옆에서 징징거리는 아이의 행동을 지켜보면서 '참을 인' 글자만 머릿속에 떠올리는 것을 그만 멈추고 싶었다. "엄마는 안 자고 징징거리는 너와 같이 못 있겠어. 나갈 거야. 넌 나오지 마." 나는 차갑게 말한 뒤에, 벌떡 일어나서 문을 박차고 방을 나왔다. 두 아이를 깜깜한 방에 놔둔 채 성큼성큼 거실로 걸어갔다. 그리고 곧장 거실 매트에 가서 대자로 누웠다. "으앙, 엄마!!!!!!!" 계속 징징거리던 중에 갑작스럽게 나가버린 엄마를 보고 둘째 아이가 당황했다. 둘째 아이는 처절하게 울기 시작했다. 아이의 울음소리가 어둠이 내려앉은 온 집 안에 크게 울렸다.

처음에는 나를 못 자게 만드는 둘째 아이의 행동에 화가 났다. 그런데 참기만 하다가는 짜증이 폭발해서 아이를 때릴 것 같았다. 극단적인 상태에 이르고 싶지 않았다. 같이 있다가는 나도 모르게 헐크로 변신할 것 같았다.

그래서 아이를 보호하고자 방에 두고 나왔다. 잠을 이루지 못하는 둘째 아이를 방에서 내쫓는 것보다는 내가 밖으로 나오는 게 더 낫다고 판단했다.

둘째 아이는 방에 두니 더욱 크게 울었다. 아이와 떨어진 공간에서 울음소리만 듣고 있으려니 두려웠다. '이러다가 엄마에게 버림받았다고 느끼면 어쩌지?'

둘째 아이의 울음소리는 귀를 타고 마음으로 내려오더니, 어느새 불안함으로 바뀌었다. 아이가 어두운 방에 있으면서 엄마에게 버림받았다고 생각할까 봐 두려움이 마음속을 다 차지해버렸다.

우는 아이를 방에 놔두고 나오면서 가장 걱정된 것은 바로 엄마에게 버림받을지도 모른다는 두려움을 느끼지 않을까 하는 것이었다. 나는 이 두려움에 제일 취약하다.

두렵다는 감정은 화가 나서 밖으로 나오게 된 상황까지 모조리 잊게 했다. 나는 내 행동으로 둘째 아이가 받았을 마음의 상처를 떠올리며 전전긍긍했다.

문득 첫째 아이의 일이 떠올랐다. 내가 잠자려고 누웠을 때였다. 이때는 내가 진짜 격해지기 쉬운 시간, 내 인내심의 역치가 지극히 낮은 시간이다.

그런데 첫째 아이가 발을 꼼지락거리면서 자꾸 내 몸을 건드렸다. 오던 잠이 확 달아났다.

몸이 굉장히 피곤해서 얼른 잠들고 싶은 날이었다. 그런 날은 첫째 아이의 행동에 평소보다 더 격하게 화를 내고 만다. "엄마 좀 그만 건드리라고!!! 엄마도 잠 좀 자자고!! 네가 건드려서 잠을 잘 수가 없잖아!!!!"

결국에는 소리를 질렀다. 첫째 아이는 침울한 채로 잠들었다. 첫째 아이가 잠들고 난 뒤에 후회했다. 그동안 밤마다 내가 인내심이 바닥났을 때 보여주는 모습이었다.

격한 말을 내뱉다가 아이들을 때릴 것 같을 때는 아이들을 방에 놔두고 밖으로 나가버리는 날도 있었다. 이성이 말을 듣지 않고 감정이 운전하는 시간이기 때문이다. 계속 이렇게 갈 수는 없었다. 내가 바꿔야 할 것과 아이가 배워야 할 것을 구별했다.

인내심이 바닥났을 때는 참지 못하고 이성의 필터를 거치지 않은 채 말을 쏟아내기 쉽다. 그러면 아이는 엄마의 감정 쓰레기통 역할을 하게 된다.

내가 인내심의 한계에 다다랐을 때, 아이가 엄마의 감정 하수구 역할을 감당하지 않을 방법이 필요했다. 《부모와 아이 사이》라는 책에는 부모가 화를 참으려는 상황에 대해서 다음과 같이 설명한다. "화를 내지 않겠다는 다짐은 쓸데없는 다짐을 하는 것보다 더 해롭다. 그것은 불에 기름을 끼얹는 것이나 마찬가지다. 우리는 분노를 태풍처럼, 삶의 일부처럼 인정하고 그것을 대비해야 한다."

이 책에서는 아이를 대하다 보면 화가 날 수 있다는 사실을 인정하라고 한다. 부모에게는 감정을 솔직하게 표현할 자격이 있다고 설명한다. 그리고 분노를 건강하게 표현하는 방법을 알려준다.

분노를 표현하는 방법은 3단계다. 1단계는 구체적으로 내 감정에 이름을 붙이고, 마음 상태를 아이에게 말하는 것이다. 2단계는 아이에게 화가 난 까닭을 설명하고, 마음속에서 멀어지는 상황을 나누는 것이다. 3단계는 아이에게 어떻게 행동했으면 좋은지를 요구하는 것이다.

나는 지금껏 참으면서 인내심이 한계에 이르도록 했다. 화가 나려고 할 때 상대방에게 "나 화났어"라고 말하지 못했다. 무조건 화를 참는 게 좋다고 생각했다.

아이들에게 화를 내면 안 된다고 여겼다. 하지만 책을 읽고 아이들에게 건강하게 내 화를 표현하기 시작했다. 그러자 어느 날 아이가 말했다.

"엄마, 내가 안 자서 짜증이 발에서 가슴까지 올라왔어요?"

인내심이 바닥에 갈 때까지 참는 게 답이 아니다. 그 전에 경고음처럼 내 마음을 정확하게 드러내는 말을 할 수 있다. 처음에는 단순하게 "나 화났어"라고 시작했다가 "나 지금 너무너무 화났어"까지 갈 수 있다. 그러면서 감정을 건강하게 표현하고 받아들이는 법을 배울 수 있다.

이제 나는 나부터 보호한다. 화났다고 말하기, 화가 난 까닭을 설명하기, 상대방이 해야 할 행동 요구하기를 단계별로 밟아나간다. 내 인내심이 바닥으로 내려갈 때까지 무조건 참지 않는다. 나를 희생시켜가면서 마음을 숨기지 않는다. 지금 찾아온 내 감정들을 가만히 느껴본다. 그게 두려움에서 비롯된 것이라면 용기를 내서 사랑을 선택한다.

인내심이 바닥에 가기 전에 참기를 멈춘다. 가장 중요한 나 자신을 제일 먼저 지켜준다. 상대방에게 내 상태를 건강하게 표현한다. 두려움이 아닌 사랑을 선택한다. 아이에게 화 내고 자책하는 것으로 무한 반복했던 패턴을 끊어낸다. 이 로써 우리는 서로 건강하게 성장할 수 있다.

화를

두려워하지 말 것

•

두려움만큼 사람의 영혼을
철저하게 무너뜨리는 것은
없습니다.

크세노폰, 《키로파에디아》

둘째 아이를 데리고 마트에 갔다. 첫째 아이가 부탁한 물건을 사기 위해서였다. 둘째 아이는 먹을거리를 둘러보다가 그중에서 가장 좋아하는 간식 하나를 골랐다. 빨리 먹고 싶은지 얼른 집에 가자고 말했다.

계산하고 출입문으로 가는 길에 다양하게 진열된 여름 물놀이용 장난감들이 보였다. 아이는 그 앞에서 멈추었다.

"와, 뽀로로 물총이다." 둘째 아이는 물총에서 눈을 떼지 못했다. "엄마, 뽀로로 물총 사주세요. 나 물총 없어요."

나는 얼른 그곳을 벗어나는 것만이 상책이라 느꼈다. 계속 그 앞에 있다 보면, 아이의 마음에는 갖고 싶다는 생각만 커질 뿐이었다.

"너 간식 샀잖아. 오늘은 물총 사러 온 거 아니야. 장난감은 다음에 네 돈 생기면 사." 아이는 내 말을 듣자마자 바로 격해졌다. "싫어요. 나 이거 갖고 싶단 말이에요. 이거 사줘요!!"

아이는 내가 물총을 사줄 때까지 움직이지 않겠다고 완강히 버티었다. 지나가던 사람들이 우리를 쳐다보는 것을 느꼈다. 나는 인내심을 끌어모아 아이에게 장난감을 살 수 없는 이유를 설명했다. 하지만 아이의 마음에 닿지 않았다.

둘째 아이는 마트를 나오기 전부터 고래고래 소리 지르며 울기 시작했다. 아이의 고집에 질 수 없었다. 나는 산 물건을 한 손에 들고 다른 손으로는 아이를 잡고 끌었다.

아무리 작은 다섯 살 여자아이라고 해도 생떼를 쓸 때는 몸 전체에서 어마어마한 에너지가 나오기 마련이다. 나는 더 센 힘으로 아이를 마트 밖으로 끌고 나왔다.

둘째 아이는 집으로 걸어오는 내내 크게 울었다. 사람들이 우리를 힐끔 쳐다보며 지나갔다. "아가 왜 울고 지나가노. 야아~ 울지마라." 어떤 할머니는 안쓰러운 눈빛으로 아이를 보며 한마디 던지고 갔다.

왜 아이를 길에서 울리냐는 질타처럼 들렸다. 나는 입을 꾹 다물고 아이의 손을 잡고 묵묵히 걸어갔다. 갑자기 아이가 길에서 멈췄다. 내가 끌고 가려 해도 완강히 버티며 계속 울었다.

갑자기 폭염이 시작된 것 같은 6월 초였다. 둘째 아이 손을 잡고 오는 내내 이마와 등에서 땀이 줄줄 흘렀다. 짜증스러운 열기가 머리끝까지 향하고 있었다.

결국 나는 잡았던 아이의 손을 놓아버렸다. 혼자서 성큼성큼 앞으로 걸어갔다. "으앙, 엄마!!!!!!" 아이는 그 자리에 서서 계속 울었다.

나는 울음소리를 뒤로 하고 앞만 보고 갔다. 다시는 둘째 아이와 마트에 가고 싶지 않다는 마음뿐이었다. 그래도 멀리 가지는 못하고 벤치에 앉아서 아이를 기다렸다. 어떤 남자분이 나에게 와서 물었다. "혹시 저 우는 아이 엄마세요?"

얼굴이 화끈거렸다. 초등학교 6학년쯤 되어 보이는 남자아이가 아이를 데리고 왔다. 아이는 계속 울면서 오더니 나에게 말했다. "엄마 안아주세요." 나는 아이를 안으며 마음으로 울었다.

우리 아이처럼 떼쓰지 못하고 커버린 내 어린 시절이 떠올랐다. 내가 놓아버린 손 때문에 아이가 엄마에게 버림받았다는 두려운 마음을 느낀 건 아닐까. 부정적인 생각이 꼬리에 꼬리를 물고 이어져서 마음이 무너졌다.

친정엄마는 내가 초등학교 들어가기 전까지 자주 징징거렸다고 했다. 그런 아이가 엄마에게는 예뻐 보이지 않았으리라. 엄마는 울고 떼쓰는 나를 냉정하게 키우셨다. 나는 엄마의 기운을 온몸으로 느꼈다. 점차 엄마에게 울음으로 내 감정을 표현하지 않았다. 대신 엄마의 기분을 맞추려고 했다. 엄마를 화나게 만들면 안 된다고 생각했다.

나는 점차 타인에게 감정을 숨기는 데 익숙해졌다. 엄마의 화, 속상함을 받아주는 감정의 하수구가 되어있었다. 엄마의 말을 잘 듣는 착한 아이로 자랐다.

하지만 마음 깊은 곳에는 엄마를 비롯한 다른 사람에게 버림받을까 두려웠다. 그래서 화조차 내지 못하고 있었다.

이런 나의 연약한 면을 아이에게는 물려주고 싶지 않았다. 하지만 실제 내 행동은 생각과 다르게 나왔다. 아이가 떼를 쓰면, 버리겠다는 듯한 행동으로 겁을 주었다.

어떤 말도 해주지 않은 채, 아이를 놔두고 나 혼자 가버리는 걸로 마음을 표현했다. 이대로는 안 되겠다 싶어 해결 방법을 찾기로 했다.

아이가 엄마에게 거절 받았을 때 격하게 폭발하지 않는 방법, 아이에게 화났을 때 건강하게 표현하는 말을 연습하기.

이 두 가지는 아이와 내가 함께 성장하기 위한 과제였다.

먼저, 아이가 거절 받았을 때 격해지는 부분에서는《부모와 아이 사이》에 나오는 조언을 적용했다. 그 책에서 말하는 건 아이의 소망을 현실에서 만족시켜 줄 수 없어도 상상에서는 허락해주라는 거였다. 그러면 무작정 거절하는 것보다는 아이의 마음에 상처를 적게 준다는 것이었다.

"부모가 섬세한 반응을 보이는 것을 보고, 아이는 부모가 자기의 기분을 이해해 준다고 생각한다. 자기 마음을 이해해 주면, 우리는 사랑받는다는 느낌을 받는다"고 설명한다. 나는 아이가 물건을 사고 싶지만 거절해야 할 때는 전과 다르게 말해주었다.

"지민아, 인형 정말 사고 싶겠다. 인형 가지고 놀면 되게 재미있을 테니까. 어린이집에도 가져가고, 엄마랑 같이 놀면 즐거울 거야. 엄마도 우리 지민이랑 인형 놀이하고 싶어." 이어서 거절하는 말을 했다. "그런데 이건 살 수 없어. 지금 인형을 살 돈이 없어." 아이의 사고 싶어 하는 마음을 알아주고 상상에서 허락해주자, 아이는 전처럼 울면서 떼를 쓰지 않았다.

신기했다. 오히려 스스로 다독이는 말까지 했다. 아이가 듣고 싶은 건 자신의 마음을 알아주는 엄마의 따뜻하고 다정한 이해의 말이었다. 그건 내가 자라면서 듣기를 바랐던 말이기도 했다.

"너를 혼자 둔 건 네가 자꾸 소리치면서 우니까 너무 화나서야. 네 옆에서 붙어있다 보면 더 많이 화가 나니까. 너를 혼자 두었다 해서 엄마가 너를 버리는 게 아니야. 엄마는 절대 너를 버리지 않아."

우리는 두려움을 걷어버려야 삶의 가장 안전한 장소에 도달할 수 있다. 그래야 망설임 없이 사랑하고, 솔직하게 마음속에 있는 말을 하고, 자기방어를 하지 않고도 자신을 지키는 법을 배울 수 있다.

나는 버림받을까 봐 두려워한 마음을 사랑과 친절의 힘으로 이겨나갔다. 자유로운 삶을 위한 가장 좋은 방법은 인생의 모든 순간에 두려움이 아닌 사랑을 선택하는 것이다.

두려움으로 꼭꼭 잠가두었던 마음 속 집의 문을 사랑과 친절이란 열쇠로 열어준다. 용기를 내서 문을 열고 밖으로 나간다. 그 집은 신기루처럼 사라져서 더 이상 내 안에 없다. 다시 두려움으로 문을 잠근 집이 나타날 때마다 사랑과 친절의 열쇠로 열어준다. 그때마다 문이 열린 마음의 집을 벗어나 진정한 자유로움을 느낀다. 사랑과 친절이란 진리가 우리를 자유롭게 한다.

사랑부터

회복할 것

•

사랑해. 사랑해. 사랑해. 너를 사랑해.
말썽을 부릴 때나 심술을 부릴 때도
너를 사랑해.

버나뎃 로제티 슈스탁, 《사랑해 사랑해 사랑해》

첫째 아이가 13개월이 되었을 무렵부터 《사랑해 사랑해 사랑해》라는 그림책을 읽어주기 시작했다. 그 책에는 어떤 모습이든 너를 사랑한다는 메시지가 들어있다.

그때로부터 8년이 지난 지금도 두 아이가 잠자기 전에 한 번씩 들려준다. 그래서일까. 페이지마다 우리만의 추억이 담겨있다. 낭독하면서 '맞아. 엄만 네 어떤 모습이든 사랑해'라는 마음이 차오른다.

하지만 실제로 그런 일이 벌어지면 언제 그랬냐는 듯 바로 바뀐다. 내 앞에서 말썽을 부리고 심술을 부리는 아이? 솔직히 하나도 안 예쁘다. 내 말을 듣지 않는 아이가 싫다.

"이거 먹을 거야!!" 저녁 8시 30분쯤이었다. 둘째 아이가 간식을 먹겠다고 고래고래 소리를 질렀다. 우리 집에는 간식 먹는 시간에 대한 규칙이 있다. 바로 저녁 8시까지만 먹을 수 있다는 것이다.

그래서 첫째 아이는 7시 40분에 타이머를 맞추어 두고 있을 정도다. 알람 소리를 듣고 마지막으로 간식을 챙겨 먹기 위해서다. 반면 둘째 아이에게 정해진 시간 규칙은 중요하

지 않다. 둘째 아이는 그저 지금 이 순간의 삶만 존재한다
는 것처럼 행동한다.

"이것 봐. 8시 넘었지?" 나는 둘째 아이에게 시계를 보여주
었다. "오늘 간식 먹는 시간은 끝났어. 이건 식탁에 두고 내
일 아침에 일어나서 먹자."
아이는 잠깐 시계를 쳐다봤지만 이내 고개를 돌렸다. 그건
중요하지 않다는 듯이 계속 생떼를 썼다. "싫어. 이거 먹을
거야!!!!!"
이미 떼쓰기 시작한 아이에게 멈춤이란 없는 법. 아이는 계
속 먹겠다고 소리 질렀다. 정말이지 귀가 아플 지경이었다.
"지금은 먹을 시간이 지났어."

나는 인내심을 끌어 모아서, 둘째 아이에게 말해주었다.
아무리 떼를 써도 소용없다는 것, 우리 집에서 되는 것과
안 되는 것을 구분해서 알려주려고 끝까지 노력했다.
우리 집의 규칙을 반복해서 알려주었다. 그리고 "안 돼!"라
고 점점 단호하게 말했다. 둘째 아이는 드러누워 발을 구르

며 울었다. 집 안은 아이의 울음소리로 가득 찼다.

그 자리를 벗어나고 싶었다. 엄마의 말에 귀를 기울이지 않고 떼만 쓰는 아이? 솔직히 보기 싫었다. 말썽을 부리고, 심술을 부리는 아이는 하나도 예쁘지 않았다.

내 안에 사랑이 사라진 것 같았다. 아이가 소리 지르며 우는 모습을 그만 보고 싶다는 마음만 가득했다. 아이와 계속 붙어서 실랑이를 하는 것을 멈추기로 했다. 우리에게는 건강한 거리두기가 필요했다. 드러누워 떼쓰고 있는 둘째 아이를 번쩍 들어서 방에 데려다 놓았다.

"싫어, 나갈 거야!" 아이는 내 몸을 밀치고 밖으로 나가려고 했다. 나는 아이의 몸을 막으며 방 안쪽으로 밀어 넣었다.

"아니, 넌 여기 혼자 있어. 지금은 진정할 시간이야."

나는 아이만 방에 두고 문을 닫고 나왔다. 감정이 격해졌을 때는 서로 떨어져 있는 게 나으니까. 둘째 아이는 더 격하게 울었고 내 마음은 자꾸 불안했다. 이러다 진정이 되기는 커녕 아이가 버림받았다고 느낄까 봐 두려웠다.

친정엄마는 내가 울면 나를 달래주기보다는 혼냈다. 울음이 멈추지 않을 때는 긴 몽둥이를 가져다가 내 옆에 놓을 정도였다. 나를 자주 안아주면서 키우지 않으셨다.

엄마로부터 따스하게 위로받은 기억이 별로 없었다. 오히려 사랑받는 아이가 되려면 울지 않아야 한다는 것을 배웠다.

엄마가 되니 나도 크게 다르지 않다. 둘째 아이가 울고 떼쓸 때 오히려 아이를 더 냉정하게 밀쳐낸다. 그 순간에 아이를 안아주고 싶지 않다.

아이의 어떤 모습이든 사랑한다는 것이 어렵다. 그럴수록 죄책감이 올라온다. 아이를 제대로 사랑하지 못하고 있다는 생각이 든다.

아이는 내가 감추고 싶었던 것을 자꾸 들추어낸다. 내 민낯을 보게 만든다. 부족한 모습을 밖으로 꺼내게 한다. 내가 보고 싶지 않은 모습까지 보면서 괴롭다.

울면서 안아달라는 말은 사실 내가 하고 싶었는데 참고 있었다. 내 안에는 두려워서 떨고 있는 아이, 울고 있는 아이가 있다. 누구보다 따스한 위로를 받고 싶은 사람은 바로 나였다.

내가 해야 할 일은 부족한 내 모습을 받아들이고 안아주는 거였다. 머리로는 알아도 마음으로는 쉽게 되지 않았다. 그래도 계속해야 했다.

그러면서 신기하게 과거에 상처받은 내가 회복되는 일이 아주 조금씩 일어났다. 이후로 아이를 안아주는 것도 전보다 더 편안해졌다.

울고 떼쓰는 둘째 아이가 정말 바랐던 건 자신을 혼자 두지 않는 것이었다. 둘째 아이는 어떤 모습이든 엄마가 자기를 사랑한다는 것을 느끼고 싶었던 것이다.

그걸 알려주기 위해 나는 둘째 아이를 더 많이, 자주 안아주기 시작했다. 그건 내가 그동안 받고 싶었던 것이기도 했다. 나는 아이에게 지켜야 할 규칙을 설명하기 전에 안아주기부터 했다.

그러자 둘째 아이가 격하게 떼쓰는 행동이 줄었다. 그러면서 알게 되었다. 내 마음에 사랑을 회복하는 게 먼저라는 것을.

내 감정을 있는 그대로 받아들일 때, 아이가 보여주는 감정 표현에도 편안해질 수 있었다. 내가 자꾸 착한 엄마가 되겠다고 감정을 억누르다 보면, 그게 나보다 힘이 약한 아이에

게 터진다. 아이의 전부를 눌러버린다. 그럴수록 아이도 감
정을 건강하게 표현하는 법을 익힐 수 없다.

《사랑해 사랑해 사랑해》책의 메시지는 사실 아이가 아닌
나 자신부터 먼저 배워야 하는 것이었다. 어떤 모습이든 나
를 안아주고 사랑해주는 것이 무엇보다 제일 중요하다. 그
것이 회복됐을 때, 아이가 어떤 모습을 하고 있더라도 사랑
하는 마음으로 안아줄 수 있다.

아이에게 사랑을 담아 진심을 전달할 수 있다. "어떤 일이
있어도 엄마는 너를 사랑해. 너를 버리지 않아."

4장

조건 없이
나를 사랑하는 법

내면의 비평가

버리기

·

마음이 밝으면 어두운 방 안에서도
푸른 하늘이 있고,
생각이 어둡고 어리석으면
밝은 대낮에도 사나운 귀신이 나온다.

한용운, 《한용운의 채근담 강의》

'지겨워. 제발 부탁이야. 이제 좀 그만하자. 또 시작이니.'
나는 같은 생각을 반복하면서 나를 공격하고 있었다. 내 안
의 비평가가 아주 활발하게 활동했다.

그는 잠시도 쉬지 않고 계속 비난했다. 그가 활동하는 기간
은 날마다 달랐다. 긴 때도 있고 짧게 끝나는 날도 있었다.
비평하는 내용을 살펴보면 심하다 싶은 말이 있고, 별로 떠
들지 않고 지나가는 경우도 있었다.

그가 지적하는 분야는 바뀌지만 비판하는 내용은 한결같
다. '너 왜 이렇게 못하니? 이것보다 더 잘하란 말이야.' 그
는 나에게 잘 못하고 있다며 계속 떠들어댄다. 비교 대상인
누군가를 늘 내 앞에 데려다 놓는다. 나보다 못하는 사람은
등장하지 않는다. 내가 노력하는 분야에서 훨씬 높은 경지
에 이른 사람이 나온다. 그 사람과 나를 견주면서 지금까지
한 내 노력과 거기에 쓴 시간을 하찮게 만든다.

이번 비판 주제는 SNS였다. 그는 요즘 내가 인스타그램을
잘 못하고 있다고 심하게 나를 비난했다. '이젠 그만!' 내가
아무리 마음속으로 크게 외쳐도 소용없었다. 그는 내가 무
엇을 잘 못하고 있는지 조목조목 짚어줬다.

한번 입을 열기 시작하면 짧게 끝나지 않았다. 말하고 또 말했다. 그의 말투는 신기하게 친정엄마의 차가운 어투와 비슷했다. 차라리 내 눈앞에 있는 사람이라면 그 사람을 안 보면 된다. 하지만 내 마음 안에 있는 사람은 피할 수 없었다.

내 안의 비평가는 말했다. '다 너 잘되라고 그러는 거야.' 이것은 그동안 모두 나를 위한 조언이라며 내 행동이나 말을 지적했던 사람들의 잔소리와 비슷했다. 1절에서 절대 끝나지 않는 도돌이표 노래였다.

마치 나는 돌이 떨어지면 꼭대기까지 올리고, 떨어지면 또다시 올리는 형벌을 받는 시시포스가 된 것 같았다. 아무리 오르고 올라도 절대로 끝에 다다르지 못하는 펜로즈의 계단을 계속 올라가는 기분이었다.

내면의 비평가가 하는 말은 들으면 들을수록 힘이 빠졌다. 그가 뿌린 부정적인 생각 씨앗이 마음에 잡초가 무성하게 자라도록 만들었기 때문이다. '나는 왜 이렇게 못하는 걸까.' 부정적인 생각이 꼬리에 꼬리를 물고 따라왔다.

더 열심히 해야겠다는 마음이 점차 사라졌다. '차라리 안

하는 게 낫겠어. 날 이렇게까지 힘들게 하면서 할 필요는 없잖아? 그게 뭐라고.'

그는 나를 점점 우울의 늪에 빠지게 했다. 마음에 폭풍우가 거세게 몰아쳤다. 나는 갑자기 인스타그램이 꼴도 보기 싫었다. 그걸 안 했으면 그가 이토록 떠드는 일은 없었을 테니까. 지금까지 해오던 것을 다 놔버리고 싶다는 결론에 다다랐다. 주말에 모든 SNS에 접속하지 않았다. 그렇다고 계속 우울의 늪에 빠져있을 수는 없었다.

우울에서 빠져나오는 가장 좋은 방법은 무엇일까? 바로 질문을 바꿔서 생각을 전환해주는 것이다. '나는 왜 이렇게 부족하지?'라는 노선에서 갈아타기 위해 아예 다른 철도 노선을 고르는 것이다. 내가 나를 함부로 대하는 방향으로 가는 기차에서 과감하게 뛰어내려야 했다.

나는 '내가 나를 사랑해주기 위해서 지금 무엇을 해야 하지?'라는 노선의 기차로 갈아탔다. 과거에 얽매이지 않고 정말 가야 할 목적지로 향하는 사랑의 기차로 바꿔 탔다.

이를 위해 고전 필사했던 노트를 다시 살피면서 생각을 전환했다. 지금까지 3년 넘게 필사하면서 모은 필사 공책은 총 다섯 권이다. 나는 그중에 하나를 골라서 아주 찬찬히 읽었다. 지금 나에게 힘을 줄 수 있는 구절을 찾기 위해 집중했다.

"자기혐오에 빠졌을 때, 모든 것이 귀찮게 느껴질 때, 무엇을 해도 도무지 기운이 나지 않을 때, 활기를 되찾기 위해서는 무엇을 하는 것이 좋을까? (중략) 그 어떤 것보다도 제대로 된 식사를 하고 휴식을 취한 뒤 깊은 잠을 자는 것이 가장 좋은 해결법이다. 그것도 평소보다 훨씬 많이."

《초역 니체의 말》에서 필사한 명언이 현재 내 상태를 짚어주고 있었다. 거기에서 내가 해야 할 일이 보였다. 가장 먼저 해야 할 건 잘 먹고 잘 쉬는 것이었다. '그래, 내가 좋아하는 차를 마시고 치킨을 사 먹어야겠어. 평소보다 잠을 더 자자. 오늘은 남편에게 아이들을 부탁하고 일찍 눕자.'

이 생각으로 나는 주말에 평소보다 더 많이 잤다. 낮잠도 자고 밤에도 일찍 잤다. 저녁에는 주방에 가지 않고 치킨을 배달시켜서 먹었다. 월요일 새벽에 맑은 정신으로 일어나 고전을 읽고 필사했다. 내가 무엇으로 나를 힘들게 했는지가 정확하게 보였다.

나는 《명상록》을 읽고 떠오르는 질문에 답하며 나를 힘들게 했던 생각 세 가지를 발견했다. 첫 번째 질문은 이것이었다. '너무 완벽한 목표와 기준을 잡은 거 아닌가?' 그렇다. 나는 그동안 너무 높은 기준을 세웠다.

두 번째 질문은 이것이었다. '남에게 있고, 나에게 없는 것에 집중한 거 아닌가?' 맞다. 내가 한 것보다는 다른 사람들의 결과물과 비교하며 내가 노력해 온 과정을 인정하지 않았다.

마지막 질문은 이것이었다. '내 안에서 나온 판단으로 계속 나를 힘들게 할 것인가?' 나를 힘들게 한 생각은 바로 내 안에서 생겨났다.

원인을 찾았으니 이제는 그것을 어떻게 바꾸어야 할지 정할 차례였다. 일단 나를 사랑하는 마음으로 방향을 잡기로 했다. 우선 잘했다고 여기는 기준부터 확 낮췄다. 과연 완벽하게 잘한 상태가 있을까? 그런 지점은 없다. 그날그날 내가 잘했다고 여겨야 할 목표를 바꿨다.

오늘 인스타그램에 게시물을 올렸으면 잘한 거고, 짧은 글이라도 썼으면 잘 해낸 거다. 눈에 보이는 행동을 판단 기준 삼았다.

다음으로 나에게 있는 것과 내가 할 수 있는 일에 집중하기로 했다. 내가 무엇을 잘할 수 있는지에 초점을 맞추고 잘 못하는 건 내려놓았다. 마지막으로 자꾸 내면의 비평가가 나를 비난하며 계속 떠들어댈 때는 잘 먹고 푹 쉬었다. 그런 날에는 가족에게 미안해하지 않고, 주방 문을 과감하게 닫았다. 내 에너지를 충전하면서 나를 세심하게 돌봤다.

이제는 내가 세운 기준이 높은지부터 살핀다. 내가 해온 노력을 인정하고, 스스로를 힘들게 한 생각이 바로 나로부터 나왔다는 것을 받아들인다. 내면의 비평가가 하는 방해에서 벗어나 오늘을 산다.

어제의 나보다 오늘의 내가 발전하는 과정을 즐긴다. 하나씩 해낸 나를 열렬하게 칭찬하고 격려한다. 생각의 주파수를 비교, 질투, 낙담, 고통에서 자유, 사랑, 배움, 성장에 맞춘다. 목표가 달라지면 맞출 과녁이 바뀐다. 내가 쏜 화살은 새로운 방향을 향해 자유롭게 날아간다.

있는 모습 그대로

사랑하기

슬픔에 너무 오래 빠져 있지 말고
일부러 자기 자신을 괴롭히지 마라.
마음의 기쁨은 사람을 활기차게 하며
즐거움은 사람을 장수하게 한다.

샤이니아, 《탈무드》

나는 특수학교에 재직 중이다. 장애가 있는 아이를 가르치는 초등학교 특수교사다. 2021년까지는 학교에서 아이들을 만났다면, 2022년에는 가정으로 가서 아이들을 가르치는 재택 수업을 하고 있다.

장애 정도가 심해서 도저히 학교에 올 수 없는 경우가 있다. 그런 아이들을 위해 직접 가정으로 가서 수업을 한다. 아이가 어떤 형편일지라도 교육받을 수 있도록 학교가 배려하는 것이다.

하루는 한 학생에게 병원에서 하는 일들을 가르쳐주려고 역할 놀이를 했다. 나는 그날의 수업을 위해 체중계를 가지고 갔다. 나는 학생을 안아서 체중계에 올려주었다. 체중계가 가리키는 숫자를 보고, 학생의 몸무게를 미니 칠판에 써주었다. 그리고 읽어주었다. 그러자 학생이 손가락으로 나를 가리켰다.

그 학생은 말을 하지 못한다. 대신 손짓으로 자신이 원하는 것을 표현하는 능력이 뛰어나다. "응? 내 몸무게도 재보라고?" 내 말을 들은 학생은 연신 고개를 끄덕였다. '내가 몸무게를 잰 게 언제더라?' 잘 기억이 나지 않았다. 다만 요즘

살이 찐 것 같다고 느끼고 있었다. 체중계에 올라가서 숫자를 보려니 겁이 났다. 가볍게 거절하고 다음 수업을 이어가려고 했다. "아니야, 선생님은 나중에 할게. 우리 다른 거 해볼까?"

하지만 아이는 자기의 주장을 굽히지 않았다. 계속 손가락으로 나를 가리켰다. 나는 아이를 설득하기보다는 용기를 내서 체중계 위로 올라갔다. '응? 이게 내 몸무게라고?' 숫자를 보고 깜짝 놀랐다. 예상은 했으나 상상보다도 더 나갔다. 집에 가서 정확하게 내 몸무게를 측정해 봐야겠다고 생각했다.

우리 집에는 2년 넘게 전원을 켜지 않아 먼지만 쌓여가던 가정용 인바디 기계가 있다. 둘째 아이를 낳고 홈트를 하며 열심히 살을 뺐던 시절, 건강하게 다이어트를 하겠다고 남편을 졸라서 가정용 인바디 기계를 샀다.

다른 체중계보다 비싼 것이었다. 체중계는 단순하게 몸무게만 보여주지만, 인바디 기계는 근육량, 체지방, 내장지방 비율까지 자세하게 알려준다. 체지방량이 빠지는 것을 볼 수 있어서 유익했다.

하지만 자꾸만 늘어나지 않는 근력량을 보며 기운이 빠졌다. 몸에 대해서 부정적인 생각이 들었다. 몸무게를 재는 것이 스트레스였다. 몸무게 재는 것을 멈추었다. 인바디 기계를 중고로 팔아야 하나 생각하던 참이었다. 그러다가 정확하게 내 몸을 측정하기 위해서 다시 기계를 꺼냈다.

2021년 8월 건강검진에서 몸무게를 잰 게 마지막이었으니 8개월 만이었다. 그때와 견주니 4kg이 늘었다. 인바디 기계는 정확하게 알려주었다. 이건 체지방이 늘어난 거라고. 체지방률은 36.8%, 내장지방 레벨은 10.

겉으로는 비만이 아닌 것처럼 보였지만, 체지방률을 보니 비만이었다. 기계는 복부 비만이라고 명확하게 보여주고 있었다. 동공 지진이 일어났다.

근육량은 변화가 없으면서 체지방과 뱃살만 쑥 늘어나 어느새 c자형 체형이 됐다. 하나도 예뻐 보이지 않는 몸. 내면의 비평가가 쉴 새 없이 떠들려 하고 있었다. 그는 그동안 내가 뭘 잘못해서 여기에 이르렀는지 하나씩 정확하게 짚어낼 것이다. 그 말을 들으면 후회만 할 테니까 그동안 반복했던 생각 패턴에 빠지고 싶지 않아서 생각을 바꿔주기 위한 질문들을 했다. 바로 나에게 물어봤다.

"앞으로 너는 40대를 어떤 몸으로 지내고 싶어?"

"몸무게 목표는 몇 킬로 정도로 세울까?"

"지금 생활에서 무엇을 넣고, 빼면 좋을까?"

이런 질문들을 던지고 내 귀한 몸을 향해 비판, 비난을 퍼붓기보다는 사랑의 눈으로 바라보기로 했다. 뱃살이 좀 나왔다는 건 아주 천천히, 조금씩 빼면 된다는 의미다. 체지방만 늘었으니 체지방률에서 초록 불이 나오게 하면 된다. 지금보다 근육이 더 줄지만 않아도 괜찮다.

이번 기회에 확실하게 내 몸을 있는 그대로 받아들이기로 했다. 나는 지금 충분히 예쁘고, 건강하다. 앞으로도 건강하게 살면 된다. 뱃살도 내 몸의 일부다. 나를 사랑의 눈으로 바라보자. 지금도 충분히 괜찮다.

나는 40대를 건강한 사람, 체지방에 초록 불이 뜨는 정도를 유지하는 사람으로 지내기로 했다. 여기에 새롭게 더할 것은 일주일에 세 번 정도는 샐러드를 해먹는 것이다. 그리고 직장에서 점심을 먹은 뒤에 찾던 간식을 줄이기로 했다. 점심과 저녁을 먹고 몸을 10분 더 움직이는 것까지 더했다.

내 몸을 있는 그대로 인정하고, 나에게 좀 더 관대해지고, 내가 건강하게 살 수 있는 방법을 찾고 쉽게, 꾸준하게 하는 것. 이것으로 지금의 몸과 마음을 평온하게 만드는 게 뱃살 걱정하는 것보다 낫다. 나는 날마다 내 몸에 사랑과 감사를 수시로 넣어준다. 한발 더 나아가 건강하게 나이 드는 방법을 실천한다. 부정적인 생각은 계속 빼준다.

건강한 몸과 마음으로 사는 것, 이것만으로도 내가 나를 조건 없이 사랑하기에 충분하다.

자기애는
체력에서 나온다

•

남을 아는 사람은 지혜롭지만,
자신을 아는 사람은 현명하다.
남을 이기는 사람은 힘이 있지만,
자신을 이기는 사람이 강하다.

노자,《도덕경》

"10분 달리기를 해야겠어!"

2022년 새해 목표로 달리기를 골랐다. 올해는 달리는 습관을 제대로 만들기로 다짐했다. 곧바로 실행에 옮겼다. 굳게 결심한 다음 날부터 바로 밖에 나가서 뛰었다.

시작하기 전에는 10분 정도는 아주 쉽게 달릴 줄 알았다. 막상 뛰어보니 아니었다. 10분이 뭔가. 5분도 채 뛰지 못했다. 10분 달리기는 생각보다 힘들었다.

첫날의 열정은 이어지지 않았다. 다음 날은 못 했다. '내일은 꼭 해야지.' 다시 다짐했다. 그런데 또 못 했다. 결국 10분 달리기는 딱 한 번 실행하고 막을 내렸다.

10분은 아주 부담스러운 시간이 아니었다. 나는 꾸준하게 해낼 줄 알았다. 그동안 여러 작은 습관을 만들어왔기에 달리기도 쉽게 할 수 있을 거라 여겼다. 하지만 이렇게 가다가는 새해 목표가 물거품처럼 사라질 것 같았다.

처음에 실패했다면? 다른 방법을 찾으면 된다. 혼자서 안 되면 함께하는 걸로 바꾸면 되지 않는가. 나는 곧바로 내 블로그에서 운동 팀을 모았다. 이름은 '10 뷰티애나.(오늘 더 아름답고 예뻐지는 나를 사랑하는 사람이란 뜻)'

이 모임은 하루에 10분 운동하기, 사랑 물 3잔 이상 마시기, 일주일에 한 번 팩하기를 목표로 했다. 아침마다 단톡방에서 함께하는 분들과 자존감을 높이는 긍정 확언으로 인사를 나누었다. 하루 1리터 이상 사랑 물을 마시고 1일 1팩도 했다. 아침에 샐러드도 챙겨 먹었다.

결과는 놀라웠다. 나는 4주 연속 아침에 달리게 되었다. 나는 운동을 함께 해나가면서 알게 되었다. 예쁘고 건강하게 나이 들기 위해서는 아주 정확한 목표, 행동을 실천하는 나만의 노력이 필요하다는 것을.

변화는 나뿐만이 아니었다. '10 뷰티애나' 모임에 참여하시는 뷰티애나 님들도 같이 바뀌고 있었다.

"출산하고 몇 십 년 방치하던 뱃살을 그동안 돌봐주지 못한 죄책감에 오늘은 복근 운동을 추가해 봤네요. 뭐든지 다 사랑을 해줘야 하는구나, 느낀 하루네요."

"오랜만에 만난 친구가 좋은 일 있냐며 너를 보면 에너지가 생긴다고 하네요. 그래서 제가 했던 걷기, 물 마시기 비법을 전수했답니다. 행운 에너지를 뿜뿜, 여러 사람에게 전파하고 싶어요."

다음은 내가 루틴으로 실천하고 있는 건강하고 예쁜 40대를 보내기 위해서 하면 좋을 다섯 가지다.

처음부터 한꺼번에 실천하기 어려울 수 있다. 가장 끌리는 것부터 해보면 된다. 한 가지가 자리 잡히면 이어서 다른 한 가지를 더해나가는 식으로 루틴을 만들 수 있다.

1. 나에게 자존감을 높이는 긍정 확언하기

아침마다 나를 사랑하고 예뻐하는 긍정 확언을 하나씩 한다. 다음 4가지 중에서 한 가지를 골라서 나에게 소리 내서 말해주면 좋다.

① 나는 건강하다.

② 나는 오늘 더 예쁘고 아름다워지고 있다.

③ 나는 나를 조건 없이 사랑한다.

④ 쉽다, 재미있다, 즐겁다, 할 수 있다.

2. 사랑 물 3잔 이상 마시기

우리 몸에 물이 좋다는 것은 누구나 알지만, 꾸준하게 물을 마시기가 쉽지 않다. '물 마시기 앱'에서 알람이 울리도록 해둔다. 적어도 하루 세 번 물 마시는 걸 목표로 삼아보자. 가장 좋은 건 아침에 일어나자마자 물 한 잔을 마시는 것이다. 이때 물에 사랑을 넣어준다. 사랑이 몸에 퍼지는 것을 상상하며 천천히 마신다. 미지근한 물이 몸의 순환에 더 좋다.

3. 하루 10분 운동하기

가능하면 유산소운동과 근력운동을 함께하는 것이 좋다. 가장 쉽게 실천할 수 있는 운동 중에서 골라본다. 유산소운동으로는 달리기, 빠르게 걷기, 근력운동으로는 스쿼트, 계단 오르기를 추천한다.

하지만 무슨 운동을 하든 괜찮다. 타이머를 10분으로 맞추고 운동에만 집중한다. 한 번에 한 가지만 한다. 그러면서 내 몸의 느낌에 집중한다. 나에게 "사랑해, 고마워, 잘했어, 멋져" 같은 좋은 말을 계속 들려준다.

4. 1일 1팩 하기

나는 1일 3팩을 하는 뷰티케어 원장님의 이야기를 읽었다. 그는 날마다 세 번 팩을 하면서 자기 피부를 가꾼다. 피부를 좋게 만드는 것도 내가 할 수 있는 행동이라는 것을 알게 된 뒤로 나는 1일 1팩을 하고 있다. 아침에 바르는 팩으로 10분을 하거나 퇴근하고 붙이는 시트팩을 하면서 쉰다. 할수록 피부가 맑아지는 게 보였다. 더욱 신나서 하고 있다.

5. 내 몸을 챙기는 건강한 한 끼 먹기

"내가 먹는 음식이 바로 나다"라는 말이 있다. 내 몸에 좋은 것을 먹으면서 나를 챙겨주면 유익하다. 물론 하루아침에 큰 변화는 절대 생기지 않는다. 하지만 날마다 꾸준하게 하면서 40대를 보낸다면? 당연히 안 한 것과 차이가 벌어질 것이다. 나를 사랑하는 마음은 건강한 음식에서 나온다.

나는 지난날이 아쉬워서, 그 시절로 돌아가고 싶다는 마음을 내려놓았다. 오직 내가 누릴 수 있는 지금 이 순간을 즐긴다. 내 몸을 있는 그대로 받아들이며, 나를 사랑하는 마음으로 더 나은 행동을 선택한다.

지금 내가 하는 것, 먹는 것이 바로 미래의 내 모습이라는 생각으로 나에게 맞는 습관 만드는 것에 집중한다.

무엇을 하든 나를 사랑하는 마음으로 결정하고, 내 몸에 더 좋은 행동을 실천한다. 오늘을 즐기며, 날마다 성장하는 것을 체험한다. 내가 체력을 기르는 건 내가 나이 들면서 아프고 약할 것이 두려워서가 아니다. 나를 오늘 더 사랑하는 마음으로 시작하는 것이다.

나는 사랑과 친절한 마음으로 나를 대하며 내 안의 두려움도 덮어준다. 오늘도 나를 있는 그대로 조건 없이 사랑한다.

무한긍정

압박 버리기

·

내가 당신을 그리워하는 것은
까닭이 없는 것이 아닙니다.
다른 사람들은 나의 미소만을 사랑하지마는
당신은 나의 눈물도 사랑하는 까닭입니다.

한용운, 《님의 침묵》

"이 표정, 무표정이 안 돼요. 하나도 행복하지 않은데. 뭐 행복하지 않다면 거짓말이고 이렇게 웃을 정도로 좋지도 않은데. 사람만 보이면 자동으로 이런 표정이 돼요. 그래서 상갓집 가는 게 너무 힘들어요. 상갓집 갈 때마다 억지로라도 무표정 해보려고 애쓰는데 힘들어요."

'나의 해방일지'라는 드라마를 보았다. 이 대사는 거기에 나오는 사람 중에 향기 팀장이 한 말이다. 그는 〈해방 클럽〉이란 동아리에 가입해서 다른 회원들에게 '자신은 무표정이 안 된다'는 점을 이야기하며 울음을 터뜨린다.

그 장면을 보는데 나도 모르게 눈물이 나왔다. 그의 입으로 내 이야기를 듣는 것 같았기 때문이다.

〈해방 클럽〉 동아리 회원들이 저마다 타인에게 잘 보여주지 못하는 모습이 있어서 힘들어하는 내용에 공감했다. 있는 그대로 들어주는 사람이 있다는 것만으로도 그들은 차츰 자신에게 맞는 해방을 찾아 나갔다.

마지막에는 그동안에 쓴 일기를 모아서 출판해보자는 다짐으로 동아리 활동을 이어갔다.

나는 〈해방 클럽〉 동아리의 강령과 부칙, 주인공 염미정의 대사에서 여운이 남았다. 〈해방 클럽〉 동아리 강령은 '행복한 척 하지 않는다, 불행한 척 하지 않겠다, 정직하게 보겠다'였고 부칙은 '조언하지 않는다, 위로하지 않는다'였다. 주인공 염미정은 드라마 마지막에 이렇게 말했다. 내가 살아가면서 지키고 싶은 중심이 담겨있는 대사다. "마음에 사랑밖에 없어. 그래서 느낄 게 사랑밖에 없어."

나는 고등학교 때까지는 잘 웃지 않았다. 대학생이 되어 웃는 연습을 하면서, 실제로 많이 밝아졌다. 이후 주변 사람들에게 무한 긍정적인 모습만 보여주려고 노력했다.

"에스더는 밝고 긍정적이야." 라는 칭찬을 듣는 게 좋았다. 타인 앞에서 우는 모습은 결코 보이고 싶지 않았다. 약한 모습을 드러내면 나에게 실망하고 떠나갈 것 같았다.

성인이 되어서는 어느덧 스스로를 밝고 긍정적인 사람이라고 착각하게 되었다. 그래서 결혼하면 남편과 깨를 볶으며 행복하게 살 거라고 확신했다.

"왕자와 공주는 결혼해서 행복하게 살았습니다." 동화 속 해피엔드가 내 이야기일 줄 알았다. 하지만 결혼과 육아가

핑크빛이 아니라, 우중충하고 희미한 빛이 들어오는 잿빛일 줄은 몰랐다.

30년 넘게 다른 환경에서 살던 남자와 맞춰가는 생활은 생각보다 쉽지 않았다. 달라도 너무 달랐다. 새롭게 적응할 것들이 산더미였다. 육아는 상상초월이었다.

아이들은 어디로 튕겨 나갈지 모르는 탱탱볼 같았다. 예측할 수 없는 상황이 끝없이 찾아왔다. 과제 하나를 겨우 해결하면 더 힘든 일이 기다리고 있었다.

다양한 감정이 시도 때도 없이 나에게 찾아왔다. 슬픔과 외로움을 자주 느꼈다. 우울하다는 생각은 아예 내 마음속 방 하나를 차지했다. 도통 방을 뺄 생각을 하지 않았다.

남편과 아이한테 수시로 짜증이 올라왔다. 아이들에게 화를 내는 게 일상이었다. 아이를 키우며 내가 그동안 부정적이라고 느꼈던 감정들이 자주 나와 함께했다.

나는 크게 당황했다. 머리로는 어떤 상황 속에서도 무한 긍정하고 감사하며 살고 싶었다. 하지만 현실에서는 잘 되지 않았다. 억지로라도 감사하는 마음을 키우고자 감사 일기를 썼다. 어떻게든 긍정적인 사람으로 바꿔야 했으니까.

하지만 그때뿐이었다. 잠깐 일기를 쓰며 긍정적인 생각을 했다가, 일상으로 돌아가면 도로 부정적인 감정이 올라와 버렸다. 일기 쓰는 시간을 제외하면 다시 부정적으로 변하는 오뚝이 같았다.

다양한 감정을 어떻게 표현해야 좋을지. 딱히 떠오르는 말이 없었다. 내가 알고 있는 단어 수준이 어린아이 같았다. '화, 짜증'을 대체할 단어가 생각나지 않았다.

그러다가 나는 소설 《토지》를 필사하면서 인생을 다르게 바라보게 되었다.

《토지》에는 인간 백화점이라고 불릴 정도로 수많은 인물이 나온다. 20권 분량에 자그마치 600명이나 되는 사람들이 등장한다. 오죽하면 《토지 인물 사전》까지 있을 정도다.

소설 속에 등장하는 수없이 많은 사람의 삶은 결코 무한 긍정적이지 않다. 너무 힘겹고, 배고프고, 괴로운 이야기가 주된 내용이다. 그런 가운데서도 기쁨을 느끼는 순간들이 있다.

나는 다양한 사람들의 스토리를 이해할수록 누구에게나 사정이 있다는 것을 깨달았다. 읽다 슬퍼서 울고 나면 개운했다. 그때부터 소설을 읽는 즐거움을 느끼게 되었다.

무엇보다 소설에는 인물의 심경을 드러내는 표현이 다양하게 나왔다. 소설을 읽으며 내가 느낀 여러 감정을 표현하는 방법도 배웠다.

그 이후로 《태백산맥》, 《혼불》, 《야간비행》, 《어린 왕자》, 《오디세이아》, 《변신 이야기》 등 문학 작품을 필사하며 읽었다. 그리고 깨달았다. 그동안 내 삶을 있는 그대로 받아들이지 못했다는 것을.

긍정적인 것은 좋은 것이라는 전제로 나 자신에게 행했던 심리적인 폭력과 억압을 발견했다. 오직 밝은 부분만 인정하고, 어두운 쪽은 보지 않으려 했다. 내 전부를 받아들이며 살고 있지 않은 모습이었다.

그런데 우리의 삶에는 결코 핑크빛만 펼쳐지지 않는다. 그게 진실이었다. 내 인생에 어떤 사건이 일어나든 있는 그대로 받아들이는 태도가 필요했다.

긍정적인 것은 좋은 것이기에 정답, 부정적인 것은 나쁜 것이니까 오답으로 구분할 수 없었다. 나에게 필요한 건 긍정적인 것은 좋은 것, 부정적인 것은 나쁜 것이라고 이분법으로 나눠서 보지 않는 눈이었다.

그 뒤로는 어떤 감정을 느끼든 있는 그대로 받아들이기 시작했다. 내가 깨뜨려야 하는 건 '무한긍정'이란 프레임이었다. 그 기준을 두고 내가 느끼는 감정에 '좋다, 나쁘다'는 꼬리표를 붙이지 않는 게 중요했다.

그래서 내 감정을 여과 없이 드러내는 일기를 쓰기 시작했다. 그것으로 내 마음에 쌓인 감정의 먼지를 털어낼 수 있었다.

일기를 쓸 때는 내가 느낀 감정을 솔직하게 적었다. 타인에게 잘 드러내지 못하는 분노, 수치심, 죄책감, 좌절, 두려움에 관해서 다루었다. "나는 내가 부족한 사람이 된 것 같았다"처럼 나 자신을 일인칭으로 해서 썼다.

그 상황에서 느낀 감정을 필터를 거치지 않고 떠오른 대로 적었다. 다 적고 난 다음에는 어떤 상황일지라도 나를 사랑하기 위해서 무엇을 하면 좋을지를 스스로에게 물어보았다. 내 마음부터 돌봐 주었다.

이제 나는 내 존재를 무한 긍정이라는 틀에 집어넣지 않는다. 과거에 습관처럼 썼던 그 틀을 깨뜨리는 데 집중한다. 삶에서 일어나는 모든 일을 있는 그대로 받아들인다.

어제는 이미 지나갔다. 오늘을 사는 나만 있을 뿐이다. 감정은 어떤 사건과 함께 시시때때로 나를 스쳐 가는 바람과 같다. 그러므로 손님처럼 내 마음에 잠시 왔다가 갈 수 있도록 대한다.

질투의 늪에서

빠져나오는 법

•

하지만 이순신은 조금도 변명하려
하지 않았을 뿐더러,
입을 다문 채 원균의 잘못을
말하지 아니하였다.
자연스레 당시의 여론은
원균이 옳은 줄 알고,
이순신을 밀쳐내려 하였다.

이분, 《작은아버지 이순신, 이충무공행록》

〈아마데우스〉라는 영화가 있다. 아마데우스는 '신에게 사랑받은 자'란 뜻이다. 이 영화에는 누구라도 이름을 들으면 알고 있는 천재 음악가인 모차르트가 나온다. 그리고 그를 시기하는 한 남자가 등장한다. 바로 살리에리다.

그는 모차르트의 타고난 재능을 부러워한다. 영화에는 살리에리가 모차르트의 재능을 보고 신을 원망하는 장면이 나온다.

"신이시여, 제가 원했던 것은 오직 주님을 찬미하는 것이었는데 주님께선 제게 갈망만 주시고 절 벙어리로 만드셨으니 어째서입니까? 말씀해 주십시오. 만약 제가 음악으로 찬미하길 원치 않으신다면 왜 그런 갈망을 심어주셨습니까. 욕망을 심으시곤 왜 재능을 주지 않으십니까."

살리에리는 자신보다 어린 천재 음악가를 향한 질투심, 열등감에 사로잡힌다. 질투에 눈이 멀어 모차르트를 독살해서 죽게 만든다는 게 영화의 주된 이야기다. 1984년에 개봉된 이 영화 속 살리에리의 모습에서 '살리에리 증후군'이란 단어가 나왔다.

이것은 비슷한 직종이나 직장에 종사하는 사람 중에서 탁월하게 뛰어난 1인자를 보면서 느끼는 2인자의 감정을 설명하는 용어가 됐다. 그들이 느끼는 자신의 평범함, 좌절, 무기력, 질투 같은 것을 포함한다.

하지만 이 영화의 이야기는 사실이 아니다. 실제로는 모차르트가 살리에리가 가진 것을 부러워했다는 설이 있다. 살리에리는 서른여덟 살에 이미 황실의 음악을 책임지는 궁정악장으로 이름을 날렸다. 그것은 모차르트가 갈망했던 자리였다. 요즘 말로 하면 살리에리는 정규직, 모차르트는 프리랜서로 활동한 것이었다.

게다가 살리에리는 그 시대의 다른 음악인으로부터 존경받는 교육자였다. 베토벤, 슈베르트, 리스트가 그의 제자였다. 베토벤은 여러 편지에서 '살리에리 선생님'이라며 존경심을 드러내었다. 슈베르트 역시 많은 편지에서 '감사한 살리에리 선생님'으로 마음을 표현했다.

모차르트가 그의 아버지에게 살리에리를 부러워하는 편지를 쓰기도 했다. "황제의 눈에 든 인물은 살리에리 하나뿐이에요." 우리가 천재라고 알고 있는 모차르트에게는 자신보다 더 나은 위치에 있는 사람을 질투하는 모습이 있었다.

나는 최근에 실제로 만나보지도 못한 사람에게 엄청난 질투를 느꼈다. 그는 내가 이루고 싶어 하는 것을 다 해낸 사람이었다. 책은 이미 몇 쇄를 인쇄했다. 인스타그램 게시물의 반응도 폭발적이었다.

날마다 수천 명이 그를 팔로우했다. 어떤 게시물은 '좋아요'를 5만 개 넘게 받았다. 댓글도 몇 백 개씩 달렸다. 나에게는 모두 꿈과 같은 숫자이자 부러운 결과물들이었다.

나는 최근에 인스타그램을 잘하고 싶었다. 그래서 오프라인 강의를 듣고 어떻게 하면 인스타그램 팔로우를 잘 늘릴지, 게시물도 좋은 반응을 얻을 수 있을지 연구했다.

인스타그램을 잘해서 유명해진 사람의 유튜브를 정주행했다. 인스타그램을 주제로 다루는 책들도 여러 권 사서 읽었다. 현재 잘하고 있는 사람들의 계정을 찾아내 그들의 특성을 분석했다.

그중 눈에 들어온 계정이 있었다. 많은 이들이 그 사람의 게시물에 '좋아요'를 누르고 댓글을 남겼다. 며칠을 그 피드에 들어가서 샅샅이 살펴보았다. 그가 잘하는 점을 벤치마킹하기 위해서였다.

단기간에 그의 팔로워 수가 증가하는 게 눈에 들어왔다. 처음 봤을 때는 1만 명이 채 되지 않았는데 짧은 기간에 폭발적으로 팔로워 수가 늘었다. 어느새 15만 팔로워를 넘겨 버렸다. 그의 피드를 살피다가 그가 쓴 책은 이미 7쇄를 넘겼다는 것도 보았다. 질투를 느꼈다.

나는 인스타그램에 엄마들의 자존감을 높이는 데 도움이 되는 글귀를 찾아서 날마다 업로드하고 있었지만, '좋아요' 수나 댓글이 잘 늘지 않았다. '저 사람은 잘 되는데, 나는 왜 이렇게 안 될까?' 싶었다. 그리고 그의 책이 잘 팔린 것을 보고, 내가 쓴 책은 잘 팔리지 않는 것에 대한 피해의식까지 느꼈다. 그는 누군지도 모르는 사람이 한동안 질투하는 마음을 가진 걸 알면, 황당할 것이다.

《채근담》에 나오는 말을 떠올렸다. "내가 큰 바다와 긴 강이 되면 제멋대로 흐르거나 더러워진 강물을 용납하지 못할까를 어찌 걱정하리오." 나는 내 인생을 큰 바다와 긴 강으로 바라보지 못했다. 나보다 더 큰 바다나 강을 이룬 사람만 보며 부러워하고 있었다. 내 것과 내 것이 아닌 것을 정확하게 구분해야 했다.

다른 사람의 삶은 내 것이 아니다. 내 것을 그가 가로챈 게 아니다. 그는 자신의 인생에서 할 일을 한 것뿐이다. 질투와 피해의식이 내 마음에 올라오면 감정의 늪에 빠지지 않도록 주의해야 했다. 생각을 전환해 주는 질문을 했다. 첫째, 그가 해낸 것은 내 것인가? 그가 내 것을 가로채 간 것인가? 둘째, 내가 그 사람에게 배울 것은 무엇인가? 셋째, 내가 원하는 수준에 이르기 위해서 지금 당장 시작할 수 있는 것은 무엇인가?

내가 성장하기 위한 가장 좋은 방법은 이미 목표치를 해낸 사람을 보고 연구하는 것이다. 질투심이나 피해의식이 아닌 배움의 눈으로 보면 달라진다. 내가 그에게 배울 점을 적어도 한 가지는 찾을 수 있다. 그것이 내가 할 수 있는 일인지, 할 수 없는 일인지를 구분했다.

거기에서 지금 바로 따라 할 수 있는 것부터 시작했다. 하루에 딱 5분이라도 해보면서 변화된 나를 기록했다. 비교할 대상은 어제의 나와 오늘의 나로 정하고 말이다.

이제 질투와 피해의식이 올라올 때는 그 감정을 인정한다. 내 마음을 알아주고, 나 자신에게 응원의 말을 해준다. "괜찮아, 오늘도 잘하고 있어!"

질투나 피해의식의 늪에 빠져서 다른 사람을 미워하지 않도록 노력한다. 나를 함부로 대하지 않는다. 생각을 다른 방향으로 바꿔주는 질문을 하고 스스로 답을 찾는다.

"우리에게는 낭비할 시간이 없습니다"라는 《기탄잘리》의 글귀처럼 남을 질투하고 피해의식을 내 마음에 두면서 시간을 쓰지 않는다. 나에게 찾아온 감정을 자연스럽게 흘려보낸다. 지금 내가 있는 자리에서 진짜 내 실력을 높이는데 최선을 다한다. 오늘을 즐기기에도 부족한 인생이다.

무기력할 때

가장 먼저 할 일

•

그대의 생각은 손님과 같다.
손님이 좋다, 나쁘다,
비난할 수는 없다.

레프 톨스토이, 《살아갈 날들을 위한 공부》

주말에 〈리틀 포레스트〉라는 영화를 봤다. 영화에는 취업, 연애, 임용고시까지, 뭐 하나 제대로 되는 게 없는 것 같은 인생을 사는 주인공 혜원이 나온다.

그는 불안한 미래에 지친다. 결국 서울 생활을 견디지 못하고 추운 겨울에 고향으로 내려온다. 돌아온 마을에서 혜원의 오랜 친구인 재하와 은숙을 만난다. 재하도 혜원처럼 도시에서 살다가 고향으로 귀농했다. 귀농해서 자신의 과수원을 돌보고 있었다.

혜원은 고향에서 사계절을 보낸다. 그리고 제 손으로 키운 농작물로 끼니를 만들어 먹는다. 잘 먹고 잘 쉰다. 그렇게 일 년을 보낸 뒤에 서울에 올라가서 짐을 싸 고향으로 아예 내려온다.

영화에 나온 대사 중에 기억에 남는 문장이 있다. "바삐 사는 걸 핑계로 진짜 내 삶을 외면하고 있었던 건 아닌가 싶다."

내 삶의 큰 축은 세 가지다. 작가, 교사, 엄마. 나는 균형 있게 역할을 감당하며 성장하는 것에 집중한다. 작가로 살기 위해 새벽 4시에 일어나서 책을 읽고 필사한다. 블로그나

브런치에 글을 쓴다.

인스타그램에는 엄마의 자존감을 높이는 데 도움을 줄 글귀를 업로드한다. 특정 기간을 정해서 책을 쓰기도 한다.

교사로 사는 시간에는 장애 학생들의 가정에 방문해서 수업한다. 2022년에는 재택 수업을 하기에 몇몇 가정을 돌아다닌다. 이동할 때는 내가 좋아하는 아이유의 음악이나 인기 있는 소설을 오디오북으로 듣는다. 학교에 돌아가서는 그날의 업무를 처리한다.

아침과 저녁에는 엄마로 산다. 아침 시간이 제일 바쁘다. 나는 곤히 자는 아이들을 깨우고, 아이들이 제시간에 학교에 가도록 챙긴다.

퇴근하면 집으로 출근한다. 아이 둘이랑 저녁을 먹고, 틈틈이 집안일을 하고, 숙제를 봐주고, 자기 전에는 책을 읽어준다. 밤이 되면 작가, 엄마, 특수교사로 사는 하루가 잘 마무리됨에 감사한다.

평일에 세 가지 역할을 하다 보면 지치는 순간이 있다. 어느 것 하나 잘하고 있지 못하다고 느끼는 날도 있다. 나는 일만 벌이고 제대로 수습하지 못하는 사람인 것 같다. 괜히 아이들과 남편에게 미안하다. 그런 날은 정말 아무것도 하기 싫다. 온몸에 힘이 쭉 빠진다.

때로는 내 인생이 누군가에게 아주 작은 보탬이 될 수 있다면 좋겠다는 마음으로 세상을 아주 조금이라도 더 나은 곳으로 바꾸고 싶다는 의지를 불태우는 날도 있다.

하지만 그 열정이 온데간데없이 사라지는 때도 있다. 그저 태어났기 때문에 버텨야 하는 날도 있다. 목적에 따라서만 인생을 사는 것에 지친 것이다. 무기력이 찾아온 것이다.

그럴 땐 앞으로 나아갈 게 아니라 나를 다정하게 돌봐야 한다. 무기력하다고 느낄 때 가장 먼저 해야 하는 일은 무엇일까? 나는 도통 의욕이 없을 때, 아무것도 하고 싶지 않은 날에 주로 아래의 방법들을 쓴다.

이 중에서 가장 먼저 해야 할 일은 잘 자는 것이다. 그리고 다른 건 선택이다. 끌리는 대로 하나씩 해보면 무기력을 벗어나는 데 도움이 된다.

1. 잘 잔다.

"스스로가 한심하게 여겨지고 사람에 대한 증오심이 느껴질 때는 자신이 지쳐 있다는 신호로 여기고 그저 충분한 휴식을 취하라. 그것이 스스로를 위한 최선의 배려다." 니체가 말했다. 무기력이 찾아왔을 때 가장 먼저 해야 하는 건 푹 자는 것이다. 평소보다 더 많이 자야 한다. 원래 자는 시간보다 일찍 자는 것도 괜찮다.

나는 푹 자고 싶은 날은 남편에게 아이들을 부탁하고 먼저 잔다. 주말에는 낮잠 시간도 꼭 둔다. 그리고 깨어나서 맑은 정신으로 중요한 일들을 결정한다. 나를 가장 사랑하는 마음으로 지금 하면 좋을 것들을 하나씩 해나간다. 이것이 인생에서 진정한 승리를 만들어가는 방법이다.

2. 잘 먹는다.

"기장쌀은 기장차떡이 좋고 기장차랍이 좋고 기장감주가 좋고 그리고 기장쌀로 쑨 호박죽은 맛도 있는 것을 생각하며 나는 기쁘다" 백석 시인의 '월림 장' 시에 나오는 구절이다. 내가 좋아하는 음식, 생각하면 기분 좋아지는 것을 먹는다. 잘 먹으며 에너지를 채운다.

3. 해야 할 일(To Do List)이 아니라, 하고 싶은 일의 목록(To Want List)을 만든다.

계획을 세우다 보면, 주로 해야 할 일을 생각한다. 그러면 그동안 하고 싶었던 일을 하지 못할 때가 있다. 평소에 '다음에 해야지!'라며 미뤄둔 것 중에서 하고 싶었던 일들을 생각해보자. 그중에서도 하면 기분 좋아지는 일들부터 찾아서 해본다.

4. 내 몸을 돌본다.

"가능하면 매일같이 면도하게. 유리 조각으로 면도해야 하는 한이 있더라도. 그것 때문에 남은 빵을 포기해야 하더라도 말일세. 그러면 더 젊어 보일 거야. 뺨을 문지르는 것도 혈색이 좋아 보이게 하는 한 가지 방법이지."

빅터 프랭클이 쓴 《죽음의 수용소에서》에 나온 글이다. 수용소에 있는 사람들은 자기 의지로 할 수 있는 일이 없다. 날마다 심한 신체적, 정신적인 학대를 받는다. 그런 상황에서도 매일 면도를 하라는 조언이다.

내 모습에서 생기가 없어 보일수록 스스로 더 무기력하다고 느낀다. 그동안 하지 않던 팩하기, 스트레칭, 족욕, 반신욕 등으로 기분 좋게 몸을 돌봐주는 행동을 한다.

살다 보면 지치는 날이 있다. 아무것도 하고 싶지 않은 순간이 온다. 이것은 언제라도 나를 찾아올 수 있다. 오지 않을 것이라고 믿는 것보다는, 올 수 있다고 생각하고 대비하는 게 낫다.

언제라도 다양한 감정이 손님처럼 나를 찾아온다. 이때 내 마음을 지켜야 하는 사람은 바로 나 자신이다. 나는 나의 가장 좋은 베스트 프렌드이다.

아주 오래된

감정 습관 버리기

．

짜증, 두려움, 실망 같은 감정들은
모두 자신이 유발한 감정이야.
반드시 잡초 뽑듯 없애야 하는 것들이지.
그런 감정들이 어디에서 연유했는지
곰곰이 생각해보고 수용한 다음에는
흘러가게 두는 거야.

칼 필레머, 《내가 알고 있는 걸 당신도 알게 된다면》

나를 사랑한다면서 오히려 구속하려는 이들이 있다. 어떤 이는 사랑한다는 이유로 끝없이 나를 비판하기도 한다. 잔소리를 늘어놓는다. 그게 나에게 유익한 거라며 자신의 기준에 맞게 나를 재단하려고 한다. 사랑이라는 탈을 썼지만 벗기고 나면 자신의 소유욕을 부린 행동이다.

진정한 사랑은 서로를 자유롭게 해주는 것이다. 사랑할수록 적당한 거리를 두는 것이 중요하다. 그 사람만의 영역을 존중해 주는 것이 필요하다. 그러면서 홀로 있는 시간을 만들어 스스로를 사랑으로 돌보면 유익하다.

타인의 사랑이 채워지기만을 갈구하는 것보다는 내가 먼저 나를 사랑하는 시간을 보내는 것이다. 하루 딱 5분이면 할 수 있는 나를 이해하고 사랑하는 방법들을 소개하겠다. 하나씩 해보면서 나에게 집중해보자.

1. 오디오북으로 소설 듣기

"중요한 것은 무엇을 보느냐가 아니라 어떻게 보느냐이다." 나는 최근 오디오북으로 《미드나잇 라이브러리》라는 소설을 들었다. 그동안 책은 눈으로 봐야 제일 좋다고 생각했는데 고정관념이었다. 소설은 오디오북으로 듣는 게 더 재미있다. 눈앞에서 소설 속 장면들이 펼쳐지는 것 같았다. 소설 속으로 여행을 떠나는 기분을 만끽했다.

이동 시간에 편안하게 책 한 권을 다 들을 수 있었다. 소설에서 인용된 헨리 데이비드 소로의 문장이 마음에 깊게 남았다. 일이나 육아로 바빠서 책을 못 읽는다면 단 5분이라도 듣는 독서를 하는 게 낫다.

여유가 없을수록 오디오북은 더없이 좋은 나만의 독서 친구가 될 수 있다. 소설에 등장하는 타인의 이야기를 통해 평범했던 시간이 나를 더 잘 이해하는 시간으로 바뀐다.

2. 시집 읽기

"세상은 비방도 많고 시기도 많습니다. 당신에게 비방과 시기가 있을지라도 관념치 마셔요. 비방을 좋아하는 사람들은 태양에 흑점이 있는 것도 다행으로 생각합니다. 당신에 대하여는 비방할 것이 없는 그것을 비방할는지 모르겠습니다."

한용운의 '비방' 시에 나오는 구절이다. 시를 읽다 보면 그 안에서 작은 인생이 펼쳐진다. 시가 나에게 다가와 다정하게 말해준다. 나에게 괜찮다고 속삭인다.

시에는 신기한 마법이 있다. 읽다 보면 마음이 말랑말랑해진다. 나는 마음이 메마르거나 딱딱해질 때는 시집을 찾아서 읽는다. 그렇게 하면서 내 마음에 사랑을 채워주는 시간을 만든다.

5분이면 시 한 편 이상을 읽을 수 있다. 한발 더 나아가서 마음에 와 닿은 시의 한 구절을 천천히 베껴 써보는 것도 괜찮다. 그러면 잡생각은 사라지고 차분해진다.

시를 필사할 때는 연필이나 만년필을 추천한다. 쓰면서 손에 느껴지는 감각이 기분을 좋게 만들어준다.

3. 스쿼트 하기

대한민국 최초 의학 전문 기자인 홍혜걸 박사는 허벅지가 중요한 이유를 설명한다. 우리 몸 근육의 70%는 하체 근육이 차지한다. 허벅지에는 간보다 더 많은 포도당이 저장되어 있다. 이 부위는 몸 안의 쓰레기를 태우는 소각장 기능도 한다. 허벅지가 굵으면 혈액도 깨끗해질 수 있다. 노폐물이 혈관에 쌓이지 않기 때문이다.

그는 허벅지를 단련하는 운동으로 스쿼트를 추천한다. 스쿼트는 단순한 운동이지만, 자주 할수록 좋다고 한다. 한 번 할 때 정확한 동작으로 하는 것도 중요하다.

스쿼트가 처음인 사람은 무리하지 않도록 주의한다. 처음에는 한 세트를

10개 정도로 시작한다. 그보다 적게 하는 것도 괜찮다. 안 하는 것보다는 낫다. 대체 활동으로는 등산, 계단 오르기가 있다.

4. 멍때리기

바쁜 일상을 살다 보면 일만 하다가 하루를 보낸 것 같다. 이런 때에 밖으로 나가서 자연을 가만히 바라보며 멍때리기도 유익하다. 이런 시간은 잠과 더불어 뇌에 휴식을 취하게 해주는 좋은 방법이다. 쉼 없이 머리를 쓰는 것보다는 쉬는 시간을 두는 게 더 좋다.

포모도로라는 기법이 있다. 이탈리아어로 토마토란 뜻인데, 무조건 일만 하는 게 아니라 중간에 휴식 시간을 넣어서 생산성을 높이는 방법이다. 25분 집중, 5분 휴식이 1세트다. 4세트인 120분(2시간)을 채우고 15~30분간 길게 쉰다. 그때 멍때리며 시간을 보낸다.

포모도로 앱이나 타이머를 사용해서 집중하고 휴식하는 시간의 균형을 만든다. 뇌의 휴식을 위해 아무것도 하지 않고 멍하게 보내는 시간은 꼭 필요하다.

5. 안 쓰는 물건 하나씩 버리기

"미니멀리즘은 지난 것들을 뒤로 할 수 있게 해주는 거야. 인생에서 가장 중요한 것을 위한 공간을 만들 수 있게 말이야." '미니멀리즘, 오늘도 비우는 사람들'이라는 다큐멘터리를 보았다. 이 다큐멘터리는 물건을 정리하면서 삶이 바뀐 이들의 이야기를 다루고 있다.

다큐멘터리에서 다루는 주요 내용 중 하나는 기업들이 결핍 광고를 활용해 사람들이 물건을 사게 한다는 것이다. 광고는 이 제품을 사지 않으면 어딘가 부족하다고 생각하게 한다. 매일같이 소비자들에게 뭔가 부족하다는 메시지를 보낸다.

나는 다큐멘터리를 보고 주변을 둘러보았다. 정리되지 않은 물건이 많았다. 하나씩 제자리에 두기 시작했다. 사실 나는 정리를 잘 못해서 주변이 늘 지저분하다. 이유 중 하나는 가진 물건이 많은 까닭도 있었다. 아이들 물건이 자꾸 번식하는 탓도 있었다. 내가 울적할 때는 집 안도 정리되지 않았다. 마음은 황량하고, 물건은 여기저기 너저분하게 놓여 있었다.

주말 하루는 물건 비우는 날로 정해보자. 5분 정도만 시간을 내서 물건을 버리고 집 주변을 잠시 걸으면, 물건도 정리되고 걷기 효과까지 더해져 기분이 나아진다.

위 다섯 가지 활동 중에서 가장 끌리는 것을 따라 해보자. 날마다 딱 5분만 시간을 내서 한 가지씩 습관을 만들자.

"단지 장미가 있을 뿐이다. 존재하는 매 순간 장미는 완벽하다"라는 에머슨의 말처럼 나를 조건 없이 사랑하며, 지금 이 순간에 존재하는 것만으로도 우리는 모두 완벽하다.

"그 아이는 몇 살이야? 형제가 몇 명이니? 몸무게는? 아비의 수입은 얼마나 되지? 어른들은 이런 질문으로 그 아이를 알 수 있다고 믿는다."

《어린 왕자》에는 어른들은 숫자를 좋아한다는 표현이 나온다. 그러면서 새로 사귄 친구에 대해 이야기할 때 본질에 대해 질문하는 법이 결코 없다고 한다.

정말 맞는 말이다. 교회에서 만난 사람, 놀이터에 나가서 처음 알게 된 사람과 대화를 나누면 주로 숫자가 등장한다. 그들 중 사람 자체에 대해서 궁금한 이들은 별로 없다.

"어머 아이가 잘 걷네요. 몇 개월부터 걸었어
요?"

"얘는 밤에 몇 시간 자요?"

"지금 몇 킬로그램이에요? 몸무게 10kg 넘었어
요?"

아이에 대해서 질문할 때는 특히 더 숫자로 파악
하려 한다. 자신들의 생활을 말할 때는 "지금 누
가 더 힘들게 사는지 겨루어 볼까?" 대회를 열고
있는 듯이 대화가 흘러간다. 서로 앞다퉈 지금
무엇으로 힘든지를 말한다.

"나 이거로 너무 힘들었어."

"에이, 그 정도는 별거 아니네. 내가 얼마나 고
생했는데. 내 얘기 좀 들어봐."

육아, 시댁, 남편, 직장, 인간관계까지 각자 주제는 다양하지만, 가만히 들어보면 주된 흐름은 지금 힘들다는 거였다. 내가 당신보다 더 어려운 상황에 있으니까, 내 말을 먼저 들어달라는 외침이었다. 내가 다른 사람에게 현재 육아로 뭐가 힘든지 겨우 말을 꺼내면, 대부분 내 이야기를 끝까지 듣지 않았다. 중간에 자르고 자기의 말을 하기 바빴다.

그리고 나보다 더 힘겨운 자신의 형편을 꺼내는 이들이 더 많았다. "그건 힘든 것도 아니야. 나는 말이지." 나는 점점 입을 다물 수밖에 없었다. 나보다 더 힘들다는 사람에게 무슨 말을 할 수 있겠는가.

나는 무리 속에 있지만 지독하게 외로웠다. 어느새 사람들을 만나 대화를 나누는 게 힘들었다. 다른 사람의 이야기를 듣고 나면, 별로 없는 에너지가 완전히 방전됐다.

누군가를 만난 날에는 너무 피곤해서 아이를 돌볼 힘도 없었다. 어느 순간 가능하면 사람을 만나지 않게 되었다. 누군가에게 먼저 만나자고 연락하지 않았다.

아이들과 편안할 때 밖에 나가서 산책하거나 놀이터에 가서 노는 게 더 편했다. 그런 나에게 고전 필사와 생각 쓰기는 큰 힘이 되었다. 남이 내 이야기를 잘 안 들어줘도, 내가 내 말에 귀를 기울여주면 충분했다.

2019년 7월 15일부터 아레테인문아카데미에서 진행하는 고전 필사를 시작했다. 그때로부터 2022년 현재에 이르기까지, 3년 넘게 필사를 이어오고 있다.

기록이 쌓여서 필사 공책은 어느새 다섯 권이다. 거기에는 내가 읽은 고전에서 뽑은 문장들이 담겨 있다. 나에게는 무엇과도 바꿀 수 없는 보물이다.

날마다 책의 한 부분을 읽고 필사한 뒤에 생각을 기록하는 훈련을 하면서 어느새 내가 어떤 생각을 하는지도 관심을 가지게 되었다. 차츰 내 마음의 소리에 귀를 열게 됐다. 필사하던 중에 내가 지금 당장 무엇을 실천해보면 좋을지 아이디어도 떠올랐다.

책 쓰기, 외부 강의, 다양한 온라인 모임을 만들 때는 필사하며 찾아온 생각에 귀를 기울였다. '이번에는 이거 해봐야겠어!'라는 아이디어가 떠오르면, 사인을 무시하지 않고 노트에 잘 적어놓았다. 가능하면 이른 시일 안에 도전했다. 점차 내 삶에 다양한 경험의 문이 열렸다.

기록이 더해질수록 내 이야기에 더 집중해서 귀를 기울이는 내공이 쌓였다. 새롭게 해내는 것들이 더해지면서 점차 내 직감을 신뢰하게 되었다. 꾸준한 필사, 생각 기록이 오늘의 나를 만들어주었다.

나는 오늘도 고전을 읽고 와 닿은 문장을 선택하여 기록한다. 나는 이것을 계속 반복하면서 성숙하고, 내면이 단단하게 성장하는 인생을 산다. 날마다 두려움보다 사랑을 선택한다.

세상 사람들은 모두 다른 인생을 산다. 서로 비슷한 상황을 경험할 수는 있어도 똑같은 이야기는 없다. 이름이 아무리 같아도 살아온 이야기는 다르다. 겉모습이 닮은 쌍둥이도 삶의 모습은 천차만별이다. 이 세상에 태어나는 사람의 수만큼 수없이 많은 인생 스토리가 존재한다.

우리는 드넓은 하늘의 빛나는 별과 같다. 별마다 빛깔, 모습, 빛의 세기가 다르듯이 우리의 인생도 마찬가지다. 그러니 각자 경험하는 모든 이야기는 특별할 수밖에 없다.

남의 인생 스토리와 비교해서 내 인생을 '좋다, 나쁘다'고 판단할 수 없다. 살면서 일어나는 수많은 일을 체험하면서 다양한 이야깃거리가 나온다.

우리는 모두 가슴속에 자기만의 별을 품고 산다. 하늘에 수없이 다양한 별이 있는 것처럼, 가슴에 담고 살아가는 이야기도 전부 다르다. 그래서 우리는 모두 다르게 빛이 난다. 어떤 모습으로, 어떤 이야기를 하며 살아왔는지에 따라서 서로 다른 빛을 발산한다.

나는 내 가슴에 품고 있는 별을 사랑한다. 이 책을 읽은 당신 역시 날마다 스스로를 조건 없이 사랑할 수 있으면 좋겠다. 책의 마지막 페이지를 읽고 있는 모든 분들에게 사랑과 감사를 보낸다.

이 책에 소개된 책

1. 오기노 히로유키,《에픽테토스의 인생수업》, 황혜숙 옮김, 삼호미디어 (2020)

2. 시라토리 하루히코,《초역 니체의 말》, 박재현 옮김, 삼호미디어(2019)

3. 임성훈,《살면서 꼭 한번은 논어》, 다른상상(2021)

4. 헤르만 헤세,《데미안》, 이순학 옮김, 더스토리(2016)

5. 플라톤,《소크라테스의 향연》, 왕학수 옮김, 신원문화사(2007)

6. 리처드 바크,《갈매기의 꿈》, 공경희 옮김, 나무옆의자(2019)

7. 마르쿠스 아우렐리우스,《명상록》, 천병희 옮김, 숲(2017)

8. 헤르만 헤세,《싯다르타》, 권혁준 옮김, 문학동네(2018)

9. 톨스토이,《톨스토이 인생론》, 박병덕 옮김, 육문사(2019)

10. 헨리 데이비드 소로우,《시민의 불복종》, 강승영 옮김, 은행나무(2021)

11. 몽테뉴,《몽테뉴의 수상록》, 정영훈 엮음, 안혜린 옮김, 메이트북스 (2020년)

12. 범립본,《명심보감》, 김원중 옮김, 휴머니스트(2020)

13. 크세노폰,《소크라테스 회상록》, 천병희 옮김, 숲(2018)

14. 마키아벨리,《군주론》, 김운찬 옮김, 현대지성(2022)

15. 호메로스,《오뒷세이아》, 천병희 옮김, 숲(2020)

16. 오비디우스,《변신이야기》, 천병희 옮김, 숲(2017)

17. 성경, 대한성서공회(2011)

18. 엘리자베스 퀴블러 로스, 《인생 수업》, 류시화 옮김, 이레(2007)

19. 발타자르 그라시안 《세상을 보는 지혜》, 더클래식(2021)

20. 앙투안 드 생텍쥐페리, 《어린 왕자》, 김미성 옮김, 인디고(2018)

21. 임성훈, 《고전명언 마음수업》, 스노우폭스(2021)

22. 톨스토이, 《살아갈 날들을 위한 공부》, 이상원 옮김, 위즈덤하우스(2008)

23. 앙투안 드 생텍쥐페리, 《야간비행》, 용경식 옮김, 문학동네(2020)

24. 하임 G. 기너트, 《부모와 아이 사이》, 신홍민 옮김, 양철북(2006)

25. 크세노폰, 《키로파에디아》, 이은종 옮김, 주영사(2020)

26. 버나뎃 로제티 슈스탁, 《사랑해 사랑해 사랑해》, 신형건 옮김, 보물창고 (2021)

27. 한용운, 《한용운의 채근담 강의》, 이성원, 이민섭 현대어 옮김, 필맥(2005)

28. 샤이니아, 《탈무드》, 홍순도 옮김, 서교출판사(2019)

29. 노자, 《노자 도덕경》, 김원중 옮김, 휴머니스트(2020)

30. 한용운, 《님의 침묵》, 더스토리(2016)

31. 이분, 《작은아버지 이순신, 이충무공행록》, 가갸날(2019)

32. 라빈드라나트 타고르, 《기탄잘리》, 무소의뿔(2018)

33. 백석, 《나와 나타샤와 흰 당나귀》, 다산책방(2019)

34. 빅터 프랭클, 《죽음의 수용소에서》, 청아출판사(2005)

35. 칼 필레머, 《내가 알고 있는 걸 당신도 알게 된다면》, 박여진 옮김, 토네이 도(2019)

36. 매트 헤이그, 《미드나잇 라이브러리》, 인플루엔셜(2021)

38. 한용운, 《님의 침묵》, 더스토리(2016)

39. 랄프 왈도 에머슨, 《세상의 중심에 너 홀로 서라》, 씽크뱅크(2011)

조건 없이 나를 사랑하기 위한 감정 습관 9

건강하고 예쁜 일상을 습관화하기 위해 아래 루틴을 실천하고 점검해 보자. 처음부터 한꺼번에 실천하기 어려울 수 있다. 끌리는 것부터 해보면 된다.

1. 자존감을 높이는 긍정 확언하기

아침마다 나에게 소리 내어 말해준다. "나는 건강하다. 나는 오늘 더 예쁘고 아름다워지고 있다. 나는 나를 조건 없이 사랑한다. 쉽다, 재밌다, 즐겁다, 할 수 있다."

2. 사랑 물 세 잔 마시기

적어도 하루 세 번 물을 마시자. 가장 좋은 건 아침에 일어나자마자 물 한 잔을 마시는 것이다. 미지근한 물이 혈액순환에 더 좋다.

3. 하루 10분 운동하기

가능하면 유산소운동과 근력운동을 함께한다. 달리기, 빠르게 걷기, 스쿼트, 계단 오르기를 추천한다. 타이머로 10분을 맞추고 운동에만 집중한다.

4. 1일 1팩하기

아침에 바르는 팩을 10분 정도 하거나 퇴근하고 붙이는 팩을 하며 쉰다. 나에게 "사랑해, 고마워, 잘했어, 멋져" 같은 좋은 말을 계속 반복해준다.

5. 내 몸을 챙기는 건강한 한 끼 먹기

'내가 먹는 음식이 바로 나'라는 말이 있다. 몸에 좋은 걸 먹으면서 나를 챙겨주면 유익하다. 날마다 꾸준히 하면 안 한 것과 큰 차이가 벌어진다.

6. 오디오북으로 소설 듣기
여유가 없을수록 오디오북은 더없이 좋은 나만의 독서 친구가 될 수 있다. 소설에 등장하는 타인의 이야기를 들으며 평범했던 시간을 의미있게 채워보자.

7. 시집 읽기
시에는 신기한 마법이 있다. 읽다 보면 마음이 말랑해진다. 마음이 메마르거나 딱딱해졌다고 느낄 때 시집을 찾아서 읽어본다. 내 마음에 사랑을 채우는 시간을 만든다.

8. 멍때리기
뇌의 휴식을 위해 아무것도 하지 않고 멍하게 보내는 시간은 꼭 필요하다. 밖으로 나가서 자연을 가만히 바라보며 멍때리기도 유익하다.

9. 안 쓰는 물건 하나씩 버리기
주말 하루를 물건 비우는 날로 정해보자. 5분 정도만 시간을 내서 물건을 버리고 집 주변을 잠시 걸으면 물건도 정리되고 기분도 나아진다.

WEEKLY PLAN

Habit Tracker	Mon	Tue	Wed	Thu	Fri	Sat	Sun
긍정 확언하기	1	2	3	4	5	6	7
사랑 물 세 잔 마시기	1	2	3	4	5	6	7
하루 10분 운동하기	1	2	3	4	5	6	7
1일 1팩하기	1	2	3	4	5	6	7
건강한 한 끼 먹기	1	2	3	4	5	6	7
오디오북 듣기	1	2	3	4	5	6	7
시집 읽기	1	2	3	4	5	6	7
멍때리기	1	2	3	4	5	6	7
안 쓰는 물건 버리기	1	2	3	4	5	6	7

MEMO

WEEKLY PLAN

Habit Tracker	Mon	Tue	Wed	Thu	Fri	Sat	Sun
긍정 확언하기	1	2	3	4	5	6	7
사랑 물 세 잔 마시기	1	2	3	4	5	6	7
하루 10분 운동하기	1	2	3	4	5	6	7
1일 1팩하기	1	2	3	4	5	6	7
건강한 한 끼 먹기	1	2	3	4	5	6	7
오디오북 듣기	1	2	3	4	5	6	7
시집 읽기	1	2	3	4	5	6	7
멍때리기	1	2	3	4	5	6	7
안 쓰는 물건 버리기	1	2	3	4	5	6	7

MEMO

WEEKLY PLAN

Habit Tracker	Mon	Tue	Wed	Thu	Fri	Sat	Sun
긍정 확언하기	1	2	3	4	5	6	7
사랑 물 세 잔 마시기	1	2	3	4	5	6	7
하루 10분 운동하기	1	2	3	4	5	6	7
1일 1팩하기	1	2	3	4	5	6	7
건강한 한 끼 먹기	1	2	3	4	5	6	7
오디오북 듣기	1	2	3	4	5	6	7
시집 읽기	1	2	3	4	5	6	7
멍때리기	1	2	3	4	5	6	7
안 쓰는 물건 버리기	1	2	3	4	5	6	7

MEMO

WEEKLY PLAN

Habit Tracker	Mon	Tue	Wed	Thu	Fri	Sat	Sun
긍정 확언하기	1	2	3	4	5	6	7
사랑 물 세 잔 마시기	1	2	3	4	5	6	7
하루 10분 운동하기	1	2	3	4	5	6	7
1일 1팩하기	1	2	3	4	5	6	7
건강한 한 끼 먹기	1	2	3	4	5	6	7
오디오북 듣기	1	2	3	4	5	6	7
시집 읽기	1	2	3	4	5	6	7
멍때리기	1	2	3	4	5	6	7
안 쓰는 물건 버리기	1	2	3	4	5	6	7

MEMO

WEEKLY PLAN

Habit Tracker	Mon	Tue	Wed	Thu	Fri	Sat	Sun
긍정 확언하기	1	2	3	4	5	6	7
사랑 물 세 잔 마시기	1	2	3	4	5	6	7
하루 10분 운동하기	1	2	3	4	5	6	7
1일 1팩하기	1	2	3	4	5	6	7
건강한 한 끼 먹기	1	2	3	4	5	6	7
오디오북 듣기	1	2	3	4	5	6	7
시집 읽기	1	2	3	4	5	6	7
멍때리기	1	2	3	4	5	6	7
안 쓰는 물건 버리기	1	2	3	4	5	6	7

MEMO

WEEKLY PLAN

Habit Tracker	Mon	Tue	Wed	Thu	Fri	Sat	Sun
긍정 확언하기	1	2	3	4	5	6	7
사랑 물 세 잔 마시기	1	2	3	4	5	6	7
하루 10분 운동하기	1	2	3	4	5	6	7
1일 1팩하기	1	2	3	4	5	6	7
건강한 한 끼 먹기	1	2	3	4	5	6	7
오디오북 듣기	1	2	3	4	5	6	7
시집 읽기	1	2	3	4	5	6	7
멍때리기	1	2	3	4	5	6	7
안 쓰는 물건 버리기	1	2	3	4	5	6	7

MEMO

WEEKLY PLAN

Habit Tracker	Mon	Tue	Wed	Thu	Fri	Sat	Sun
긍정 확언하기	1	2	3	4	5	6	7
사랑 물 세 잔 마시기	1	2	3	4	5	6	7
하루 10분 운동하기	1	2	3	4	5	6	7
1일 1팩하기	1	2	3	4	5	6	7
건강한 한 끼 먹기	1	2	3	4	5	6	7
오디오북 듣기	1	2	3	4	5	6	7
시집 읽기	1	2	3	4	5	6	7
멍때리기	1	2	3	4	5	6	7
안 쓰는 물건 버리기	1	2	3	4	5	6	7

MEMO

WEEKLY PLAN

Habit Tracker	Mon	Tue	Wed	Thu	Fri	Sat	Sun
긍정 확언하기	1	2	3	4	5	6	7
사랑 물 세 잔 마시기	1	2	3	4	5	6	7
하루 10분 운동하기	1	2	3	4	5	6	7
1일 1팩하기	1	2	3	4	5	6	7
건강한 한 끼 먹기	1	2	3	4	5	6	7
오디오북 듣기	1	2	3	4	5	6	7
시집 읽기	1	2	3	4	5	6	7
멍때리기	1	2	3	4	5	6	7
안 쓰는 물건 버리기	1	2	3	4	5	6	7

MEMO

WEEKLY PLAN

Habit Tracker	Mon	Tue	Wed	Thu	Fri	Sat	Sun
긍정 확언하기	1	2	3	4	5	6	7
사랑 물 세 잔 마시기	1	2	3	4	5	6	7
하루 10분 운동하기	1	2	3	4	5	6	7
1일 1팩하기	1	2	3	4	5	6	7
건강한 한 끼 먹기	1	2	3	4	5	6	7
오디오북 듣기	1	2	3	4	5	6	7
시집 읽기	1	2	3	4	5	6	7
멍때리기	1	2	3	4	5	6	7
안 쓰는 물건 버리기	1	2	3	4	5	6	7

MEMO

WEEKLY PLAN

Habit Tracker	Mon	Tue	Wed	Thu	Fri	Sat	Sun
긍정 확언하기	1	2	3	4	5	6	7
사랑 물 세 잔 마시기	1	2	3	4	5	6	7
하루 10분 운동하기	1	2	3	4	5	6	7
1일 1팩하기	1	2	3	4	5	6	7
건강한 한 끼 먹기	1	2	3	4	5	6	7
오디오북 듣기	1	2	3	4	5	6	7
시집 읽기	1	2	3	4	5	6	7
멍때리기	1	2	3	4	5	6	7
안 쓰는 물건 버리기	1	2	3	4	5	6	7

MEMO

WEEKLY PLAN

Habit Tracker	Mon	Tue	Wed	Thu	Fri	Sat	Sun
긍정 확언하기	1	2	3	4	5	6	7
사랑 물 세 잔 마시기	1	2	3	4	5	6	7
하루 10분 운동하기	1	2	3	4	5	6	7
1일 1팩하기	1	2	3	4	5	6	7
건강한 한 끼 먹기	1	2	3	4	5	6	7
오디오북 듣기	1	2	3	4	5	6	7
시집 읽기	1	2	3	4	5	6	7
멍때리기	1	2	3	4	5	6	7
안 쓰는 물건 버리기	1	2	3	4	5	6	7

MEMO

WEEKLY PLAN

Habit Tracker	Mon	Tue	Wed	Thu	Fri	Sat	Sun
긍정 확언하기	1	2	3	4	5	6	7
사랑 물 세 잔 마시기	1	2	3	4	5	6	7
하루 10분 운동하기	1	2	3	4	5	6	7
1일 1팩하기	1	2	3	4	5	6	7
건강한 한 끼 먹기	1	2	3	4	5	6	7
오디오북 듣기	1	2	3	4	5	6	7
시집 읽기	1	2	3	4	5	6	7
멍때리기	1	2	3	4	5	6	7
안 쓰는 물건 버리기	1	2	3	4	5	6	7

MEMO

나는 조건 없이 나를 사랑한다

1판 1쇄 발행 2023년 1월 13일

지은이 지에스더
발행인 김형준

편집 구진모, 찐디터
마케팅 김수정
디자인 프롬디자인

발행처 체인지업북스
출판등록 2021년 1월 5일 제2021-000003호
주소 경기도 고양시 덕양구 삼송로 12, 805호
전화 02-6956-8977 **팩스** 02-6499-8977
이메일 change-up20@naver.com
홈페이지 www.changeuplibro.com

ⓒ 지에스더, 2023

ISBN 979-11-91378-30-6

체인지업북스는 내 삶을 변화시키는 책을 펴냅니다.